UM PÉ DE

Entre os livros de Rubem Braga, este ocupa um lugar de destaque pelos louvores recebidos da crítica especializada, ao sair a sua primeira edição, e pelos aplausos e imediata aceitação que mereceu dos leitores. Foi o seu primeiro livro depois de *Com a FEB na Itália*, que o cronista publicou ao regressar daquele país, onde esteve como correspondente de guerra do *Diário Carioca*.

Em *Um Pé de Milho* encontram-se algumas crônicas intensamente líricas, inspiradas por um grande amor, caso de "Passeio à Infância", "Não Mais Aflitos" e "Dia da Marinha"; uma jóia de humorismo que é "Aula de Inglês"; várias outras histórias que são pequenos folhetins surrealistas, como o caso do corrupião e o do caminhão cheio de dinheiro; crônicas de costume e de política, recordações de Paris e Casablanca, flagrantes de Cachoeiro, no Espírito Santo, onde nasceu, e do Rio de Janeiro, cidade que o adotou e foi por ele adotada.

Cachoeiro de Itapemirim é a terra natal de Rubem Braga, mas em realidade foi em Belo Horizonte que ele se iniciou na imprensa, trabalhando para os Diários Associados, época em que era ainda estudante universitário. Daí para cá, morou em várias cidades, escreveu para inúmeros jornais e revistas em todo o país, e colaborou também na televisão.

O "Velho Braga", como ele se refere a si mesmo, o "Sabiá da Crônica", como o chamou Stanislaw Ponte Preta, conheceu boa parte do mundo, em diferentes viagens que realizou, residiu em Paris, em 1950, em Santiago do Chile, em 1955, chefiando o Escritório Comercial do Brasil, e em 1961 foi para Marrocos como Embaixador, posto que deixou, a pedido, dois anos mais tarde. Suas andanças fora da pátria nunca o impediram de exercer intensa atividade literária; ao contrário, sempre lhe forneceram matéria para esplêndidas crônicas

OBRAS DO AUTOR

AI DE TI, COPACABANA
AVENTURAS
AS BOAS COISAS DA VIDA
A BORBOLETA AMARELA
UM CARTÃO DE PARIS
A CASA DOS BRAGA
O CONDE E O PASSARINHO
CRÔNICAS DA GUERRA NA ITÁLIA
DUZENTAS CRÔNICAS ESCOLHIDAS
O HOMEM ROUCO
LIVRO DE VERSOS
1939 – UM EPISÓDIO EM PORTO ALEGRE
UM PÉ DE MILHO
PEQUENA ANTOLOGIA DOS BRAGA
RECADO DE PRIMAVERA
A TRAIÇÃO DAS ELEGANTES
O VERÃO E AS MULHERES

RUBEM BRAGA

UM PÉ DE MILHO

6ª EDIÇÃO

EDITORA RECORD
RIO DE JANEIRO • SÃO PAULO
2002

CIP-Brasil. Catalogação-na-fonte
Sindicato Nacional dos Editores de Livros, RJ.

Braga, Rubem, 1913-1990.
B795p Um pé de milho / Rubem Braga. – 6ª ed – Rio de
6ª ed. Janeiro: Record, 2002.

1. Crônicas brasileiras. I. Título.

82-0356 CDD – 869.93
CDU – 869.0(81)-94

Capa: Desenho de Floriano Teixeira
Retrato do autor na 4ª Capa: Maria Mynssen

DISTRIBUIDORA RECORD DE SERVIÇOS DE IMPRENSA S.A.
Rua Argentina 171 – Rio de Janeiro, RJ – 20921-380 – Tel.: 2585-2000

Impresso no Brasil

ISBN 85-01-02063-X

PEDIDOS PELO REEMBOLSO POSTAL
Caixa Postal 23.052
Rio de Janeiro, RJ – 20922-970

NOTA DA 1.ª EDIÇÃO

T*udo o que aparece neste livro foi publicado em jornais e revistas. A maior parte apareceu no suplemento literário do* Diário Carioca *e ao mesmo tempo na* Folha da Noite *de S. Paulo,* Folha da Tarde *de Porto Alegre e* Diário da Noite *do Recife, além de outros jornais. Desse número são as histórias publicadas como pequenos folhetins, como a do corrupião, a do caminhão, a aventura em Casablanca e a história de São Silvestre.*

As crônicas de março de 44 saíram no Diário Carioca, *onde assinava uma seção chamada "Ordem do Dia"; as de maio de 45 em* Diretrizes. *De uma correspondência quinzenal para a* Revista do Globo, *aprovei-*

tei alguns trechos, como os referentes ao pé de milho e ao futebol na praia: há também uma crônica de Sombra *e outra de* A Casa: *a última do livro é uma das "Notas de Paris", mandadas para* O Globo *e outros jornais.*

Não discrimino mais exatamente as publicações para não cansar o leitor com minúcias que, afinal, pouco lhe importam.

Rio, 1948 — R.B.

Eu e Bebu na Hora Neutra da Madrugada

Muitos homens, e até senhoras, já receberam a visita do Diabo, e conversaram com ele de um modo galante e paradoxal. Centenas de escritores sem assunto inventaram uma palestra com o Diabo. Quanto a mim, o caso é diferente. Ele não entrou subitamente em meu quarto, não apareceu pelo buraco da fechadura, nem sob a luz vermelha do abajur. Passou um dia inteiro comigo. Descemos juntos o elevador, andamos pelas ruas, trabalhamos e comemos juntos.

A princípio confesso que estava um pouco inquieto. Quando fui comprar cigarros, receei que ele dirigisse algum galanteio baixo à moça da tabacaria. É uma senhorinha de olhos de garapa e cabelos castanhos muito simples, que eu conheço e me conhece, embora a gente não se cumprimente. Mas o Diabo se portou honestamente. O dia todo — era um sábado — correu sem novidade. Ele esteve ao meu lado na mesa de trabalho, no restaurante, no engraxate, no barbeiro. Eu lhe paguei o cafezinho; ele me pagou o bonde.

À tarde, eu já não o chamava de Belzebu, mas apenas de Bebu, e ele me chamava de Rubem. Nossa intimidade caminhava rapidamente, mesmo sem a gente esperar. Quando um cego nos pediu esmola, dei duzentos réis. É meu hábito, sempre dou duzentos réis. Ele deu uma prata de dois mil-réis, não sei se por veneta ou porque não tinha mais miúdo. Conversamos pouco: não havia assunto.

À noite, depois do jantar, fomos ao cinema... Outra vez me voltou a inquietude, que sentira pela manhã. Por coincidência, ele ficou sentado junto a duas mocinhas que eu conhecia vagamente, por serem amigas de uma prima que tenho no subúrbio. Temi que ele fosse inconveniente; eu ficaria constrangido. Vigiei-o durante a metade da fita, mas ele estava sossegado em sua cadeira; tranqüilizei-me. Foi então que reparei que ao meu lado esquerdo sentara-se uma rapariga que me pareceu bonita. Observei-a na penumbra. A sua pele era morena, e os cabelos quase crespos. Sentia a tepidez de seu corpo. Ela acompanhava a fita com muita atenção. Lentamente, toquei o seu braço com o meu; era fácil e natural; isto sempre acontece por acaso com as pessoas que estão sentadas juntas no cinema. Mas aquela carícia banal me encheu as veias de desejo. Suavemente, deslizei a minha mão para a esquerda. A moça continuava olhando para o filme. Achei-a linda e tive a impressão de que ela sentia como eu estava emocionado, e que isto lhe dava prazer.

Mas neste momento, ouço um pequeno riso e viro-me. Bebu está me olhando. Na verdade não está rindo; está sério. Mas em seus olhos há uma qualquer malícia. Envergonhei-me como uma criança. A fita acabou e não falamos no incidente. Eu fui para o jornal fazer o plantão da noite.

Só conversamos à vontade pela madrugada. A madrugada tem uma hora neutra que há muito tempo observo. É quando passo a tarde toda trabalhando, e depois ainda trabalho até a meia-noite na redação. Estou fatigado, mas não me agrada dormir. É aí que vem, não sei como, a hora neutra. Eu e Bebu ficamos diante de uma garrafa de cerveja em um bar qualquer. Bebemos lentamente sem prazer e sem aborrecimento. Na minha cabeça havia uma vaga sensação de efervescência, alguma coisa morna, como um pequeno peso. Isto sempre me acontece: é a madrugada, depois de um dia de trabalheiras cacetes. Conversamos não me lembro sobre o quê. Pedimos outra cerveja. Muitas vezes pedimos outra cerveja. Houve um momento em que olhei sua cara banal, seu ar de burocrata avariado e disse:

— Bebu, você não parece o Diabo. É apenas, como se costuma dizer, um pobre-diabo.

Ele me fitou com seus olhos escuros e disse:

— Um pobre-diabo é um pobre Deus que fracassou.

Disse isto sem solenidade nenhuma, como se não tivesse feito uma frase. De repente me perguntou se eu acreditava no Bem e no Mal. Não respondi; eu não acreditava.

Mas a nossa conversa estava ficando ridícula. Desagradava-me falar sobre esses assuntos vagos e solenes. Disse-lhe isto, mas ele não me deu a menor atenção. Grunhiu apenas:

— Existem.

Depois, afrouxou o laço da gravata e falou:

— Há o Bem e o Mal, mas não é como você pensa. Afinal quem é você? Em que você pensa? Com certeza naquela moça que vende cigarros, de olhos de garapa, de cabelos castanhos...

Estas palavras de Bebu me desagradaram. Ele dissera exatamente como por acaso: *aquela moça de olhos de garapa...* Era assim que eu me exprimia mentalmente, era esta a imagem que me vinha à cabeça sempre que pensava nos olhos daquela senhorinha.

Sei que não é uma comparação nova; há muitos olhos que têm aquela mesma cor meio verde, meio escura, de caldo de cana; olhos doces, muito doces; e muitas pessoas já notaram isso; e até eu já vi essa imagem em uma poesia, não me lembro de quem. Mas a coincidência era alarmante; não podia ser coincidência. Bebu lia no meu pensamento, e, o que era pior, lia sem nenhum interesse, como se lê um jornal de anteontem. Isso me irritou:

— Ora, Bebu, não se trata de mim. Você estava falando do Bem e do Mal. Uma conversa besta...

Ele não ligou:

— Está bem, Rubem: o Bem e o Mal existem, fique sabendo. Você morou muito tempo em São José do Rio Branco, não morou?

— Estive lá quase dois anos. Trabalhava com o meu tio. Um lugarzinho parado...

— Bem. Lá havia um prefeito, um velho prefeito, o Coronel Barbirato. Mas o nome não tem importância. Imagine isto: uma cidade pequena onde há sempre um prefeito, o mesmo prefeito. Esse prefeito nunca será deposto, nunca deixará de ser reeleito, sempre será o prefeito. E há também um homem que lhe faz oposição. Esse homem uma vez quis depor o prefeito, mas foi derrotado e o será sempre. O povo da cidade teme, aborrece, estima, odeia o prefeito; não importa. Pois é isto.

Bebu pôs um pouco de cerveja no copo e continuou falando:

— É isto: o Bem e o Mal. O prefeito acha que os bancos do jardim devem ser colocados diante da igreja: isto é o Bem. O homem da oposição acha que eles devem ficar em volta do coreto? Isto é o Mal. Entretanto...

— Bebu, deixe de ser chato.

— Não amole. Você sabe a minha história. Fiz uma revolução contra Deus. Perdi, fui vencido, fui exilado; nunca tive nem implorei anistia. Deus me venceu para todos os séculos, para a eternidade. É o prefeito eterno, ninguém pode fazer nada. Agora, se tem coragem, imagine isto: eu saio de meu inferno uma bela tarde, junto meu pessoal, faço uma campanha de radiodifusão, arranjo armamento, vou até o Paraíso e derroto aquele patife. Expulso de lá aquela canalha, todas aquelas onze mil virgens, aquela santaria imunda. O que acontece?

Eu não respondi. Irritava-me aquele modo de falar. Bebu continuou com mais veemência:

— Acontece isto, seu animal: não acontece nada! Você reparou quando uma revolução vence? Os homens se renderão diante do fato consumado. O Bem será o Mal, e o Mal será o Bem. Quem passou a vida adulando Deus irá para o inferno deixar de ser imbecil. Eu farei a derrubada: em vez de anjinhos, os capetinhas, em vez dos santos, os demônios. Tudo será a mesma coisa, mas exatamente o contrário. Não precisarei nem modificar as religiões. Só mudar uma palavra nos livros santos: onde estiver "não", escrever "sim", onde estiver "pecado", escrever "virtude". E o mundo tocará para a frente. Vocês não seguirão a minha lei, como não seguem a dele; não importa, será sempre a lei.

Eu me sentia atordoado. Percebi que lá fora, na rua, as lâmpadas se apagavam e murmurei: seis horas. Bebu falava com um ar de desconsolo:

— Mas não pense nisto. Aquele patife está firme. É possível depô-lo? Impossível! Impossível...

Olhei a sua cara. Dentro de seus olhos, no fundo deles, muito longe, havia um brilho. Era uma pequena, miserável esperança, muito distante, mas todavia irredutível. Senti pena de Bebu. É estranho, eu não posso olhar uma pessoa assim, no fundo dos olhos, sem sentir pena. Fui consolando:

— Enfim, meu caro, não adiantaria coisa alguma. Você como está, vai bem. Tem seu prestígio...

— Eu estou bem? Canalha! Pensa que, quando me revoltei, foi à toa? Conhece o meu programa de governo, sabe quais foram os ideais que me levaram à luta? Pode explicar por que, através de todos os séculos, desde que o mundo não era mundo até hoje, até sempre, fui eu, Lúcifer, o único que teve peito para se revoltar? Você sabe que, modéstia à parte, eu era o melhor da turma? Eu era o mais brilhante, o mais feliz, o mais puro, era feito de luz. Por que é que me levantei contra ele, arriscando tudo? O governo atual diz que eu fui movido pela ambição e pela vaidade. Mas todos os governos dizem isto de todos os revolucionários fracassados! Olhe, você é tão burro que eu vou lhe dizer. Esta joça não ficava assim não. Eu podia lhe contar o meu programa; não conto, porque não sou nenhum desses políticos idiotas que vivem salvando a pátria com plataformas. Mas reflita um pouco, meu animal. Deus me derrotou, me esmagou, e nunca nenhum vencedor foi mais infame para com um vencido. Mas pelo amor que você tem a esse canalha, diga-me: o que é que ele fez até agora? A vida que ele organizou e que ele dirige não é uma miséria? — uma porca miséria? Você sabe perfeitamente disto. Os homens não sofrem, não se matam, não vivem fazendo burradas? É impossível esconder o fracasso. Deus fracassou, fracassou mi-se-ra-vel-mente! E agora, vamos, me diga: por pior que eu fosse, acha possível, camarada, acha possível que eu organizasse um mundo tão ridículo, tão sujo?

Não respondi a Bebu. Esvaziamos em silêncio o último copo de cerveja. Eu ia pedir outra, mas refleti amargamente que não tinha mais dinheiro no bolso. Ele, por sua vez, constatou o mesmo. Saímos. Lá fora já era dia:

— Puxa vida! Que sol claro, Bebu! Isto deve ser sete horas.

Andamos até a esquina da Avenida.

Ele me perguntou:

— Onde é que você vai?

— Vou dormir. E você?

Bebu me olhou com seus olhos escuros e respondeu com um sorriso de anjo:

— Vou à missa...

Julho, 1933.

Foi uma Senhora

(Resposta a uma enquête *da revista* Leitura:
"Qual foi o tipo que mais o impressionou?")

Foi uma senhora — e não lhe digo o nome, senhor redator, porque na verdade não sei. Foi uma bela senhora — mas para que contar essas coisas? Seria melhor que eu falasse de outras pessoas. Sim, houve outras pessoas que me impressionaram muito; cinco ou seis ou mais, sete ou oito, deixa-me ver. Nove — lembro-me neste momento de nove, conto-as nos dedos. Sou muito impressionável. Agora, neste começo de velhice, parece que... Mas basta! Por que maldita inclinação hei de eu estar sempre a explicar meu temperamento? Quando me convencerei de que a ninguém interessam meus desmanchos internos? Grandes e feios desmanchos, na verdade — mas vou lhe falar a respeito daquela mulher.

Abençoada eternamente seja aquela mulher. Eu a conheci dez minutos depois da minha morte. O médico e as duas enfermeiras me levaram até o elevador, mas desci sozinho. Fiz questão. Repugnava-me aquele médico, repugnavam-me as enfermeiras, três corvos brancos que tinham presidido à minha morte. Brancos, frios, vorazes, vorazes de minha carne, de minha dor física, vorazes, precisos, profissionais. Eu não sentia mais nenhuma dor aguda, mas ainda estava completamente embrulhado naquele sentimento da morte, a morte anunciada, ou pior ainda, insinuada, sussurrada — e durante 10 ou 20 minutos intensamente vivida. Corvos!

Eu pensara com raiva, com uma desesperada raiva, que ia deixar a vida. Tudo o que eu podia enxergar às vezes, e vagamente, era a cara do médico — uma cara de óculos, uma cara fria, a cara de um inimigo. Parecia exatamente um inimigo meu; a boca, o nariz, os óculos, tudo era igual à cara do meu inimigo. E ele mesmo era meu inimigo, pois me torturava ali com as mãos impiedosas e tinha aqueles olhos frios. Na minha impotência sonhei em me erguer, matá-lo, depois sair à rua, tomar um automóvel, matar outro inimigo, matar torturando o patife. Desfilaram diante de mim outras caras de inimigos, caras antipáticas, frias, cruéis, mesquinhas, todos satisfeitos porque eles iam continuar vivos e eu ia morrer — eu ia morrer naquele momento, estava morrendo. Assassinei-os a todos em imaginação, assassinei-os e insultei-os mentalmente com pesados palavrões. Depois meu pensamento voltou para mim mesmo, e tive pena de morrer, tive uma extraordinária pena de mim, e me dirigi palavras de amizade. Pobre Rubem, lá se vai ele! E ouvi vozes amigas de homens e mulheres, revi rostos amigos — e pensei em vós, alma querida, alma querida a que jamais servi bem. Pensei em vós, e pensei com doçura e uma espécie de remorso, e senti que a vida tinha valido a pena porque vos estimei e tive a vossa estima; pensei em vós, e vos beijei os olhos... Uma dor aguda, insuportável, me feriu; depois, através das lágrimas que formavam poças nos meus olhos, vi outra vez aquela cara fria, de óculos frios...

Estivera desmaiado tão pouco tempo, mas no elevador me parecia que eu tinha regressado de uma longa morte. O cabineiro me olhou com susto, queria ir buscar um táxi. Eu não quis. Consegui chegar sozinho até a rua, e me encostei a uma parede. Fazia sol, ventava, era uma bela manhã de uma beleza assanhada e feliz. Mas meus olhos ainda viam a morte, a amargura da morte ainda embrulhava meu coração — embrulhava como um sujo papel de embrulho embrulha alguma coisa. Sentia-me fraco e vazio; talvez fosse melhor ter morrido, não ter voltado. Foi então que passou aquela mulher.

Seus finos cabelos negros brilhavam ao sol e sua pele era muito branca. Por um instante deteve em mim os grandes olhos verdes ou azuis, talvez porque lesse em meus olhos o que eu acabara de passar. Aqueles olhos! Não diziam que estavam com pena, apenas me davam coragem; eram limpos, amigos; e eram tão belos, eram fascinantes; era a vida, a úmida luz da vida, a bela e ansiosa vida. Voltei-me quando ela passou.

Era alta, pisava com uma graça firme, caminhava levada pela poderosa e leve energia da vida, caminhava ao sol naquela manhã de vento, naquela manhã assanhada que brilhava feliz, brilhava em seus finos cabelos negros... Desculpe, senhor redator. Estou escrevendo demais, minha resposta está enorme. Eu sou muito impressionável! Sim, de todos os tipos humanos e divinos nenhum como aquela senhora me impressionou tanto; e quando a vi novamente, meses depois, em um bar... Mas para que falar nessas coisas?

Dezembro, 1943.

Telefone

O Departamento dos Correios e Telégrafos inaugurou o serviço de telefone entre Rio, Recife e Porto Alegre. O Sr. Ministro falou com os Srs. Interventores, o Sr. Diretor do DIP falou com os Srs. Diretores dos DEIPS e o Sr. Herbert Moses falou com os Srs. Herberts Moses estaduais.

Eu não falei com ninguém, porque não me convidaram, grande injustiça. Deviam ter convidado. Ah, eu não falaria com diretor nenhum de nada, eu falaria com vagas pessoas e talvez apenas com sombras e fantasmas.

Alô, é do Recife? Faça o favor de ligar para o mercado do Bacurau. Ainda tem o mercado do Bacurau?

Pode ter a bondade de chamar Dona Gilberta? Não são 2 da madrugada? Ele deve estar aí comendo sarapatel e bebendo cachaça. Espere, eu quero falar com a Rua dos Pires, diga ao Capiba para pedir aos irmãos Suassuna para cantar no telefone, ou então toque para a casa do Sr. Alfredo, veja se a Leda não está lá. O quê? Chamem então o Odorico, ele deve estar em algum bonde de Olinda, foi ver a noiva. Já casou? Está na Bahia? Que diabo, ligue para a pensão, diga ao Valdemar, ao Diegues e ao Ulisses... Escute, a senhorinha podia dar um recado pessoal de minha parte a certa mulherzinha de uns quarenta anos chamada... ah, me esqueci o nome, mas dê assim mesmo: ela é magra, pobre, eu a acompanhei até à polícia, havia junto um rapaz integralista de bigode, muito nervoso, que queria prender todo mundo... Mas é Porto Alegre? É do Bar 17? Não? Ainda há o Bar 17? Não tem aí uma pequena alta com um sujeito baixinho? Chame, por favor! Não, *ela* não me conhece, com certeza não se lembra de mim, diga que eu sou aquele sujeito que uma vez estava aí. Faça o favor de ligar para o terraço do Edifício Santa Rosa ou então para o meio da Rua da Praia; se não puder ser, ligue para o Liliput. Mas, por favor, senhorinha, não faça confusão, eu estou falando para 1935 ou para 1940? Hein? É do *shipchandler*, não, eu não quero falar com o *shipchandler*, ligue para a sombra de um coqueiro em meados de setembro na praia da Boa Viagem, ligue para o *Brasil Novo*, chame Severino de tal. Está na ilha? Mas, minha senhora, pelo amor de Deus, estou reconhecendo a voz dessa judia de cabelos crespos dos Moinhos de Vento; não quero ouvi-la, não quero ouvi-la! Alô! Aqui quem está falando sou eu! Hein? Sou eu também aí? Oh, senhorinha, as linhas estão cruzadas, a vida vai para a frente e fica para trás, desligue tudo, não quero falar comigo, estou aqui em março de 44, desligue tudo, ligue para minha casa, pergunte se eu estou, se não estiver diga que eu já vou, se estiver diga para eu não sair: aqui fora há fantasmas e sombras querendo comunicação impossível e telefone não adianta nada, não adianta nada.

Março, 1944.

Ginástica

Foi denunciado ao Tribunal de Segurança o contramestre de uma fábrica de tecidos de S. Paulo, que é acusado de "greve branca". Isto consiste — diz o jornal — em provocar o desgaste da maquinaria. Apesar de não diminuir a produção da fábrica, o contramestre teria feito com que se alterasse a sua qualidade, tornando-a inferior, e se desgastassem as engrenagens, o que é um sério prejuízo em um momento em que a importação é tão difícil.

Está visto que eu não sei se a acusação é verdadeira. Deve, em todo o caso, ser uma acusação difícil de provar. É verdade que o Tribunal de Segurança, sendo um tribunal de exceção, acima ou fora das regras jurídicas vulgares, do gênero das que ingenuamente me dei ao trabalho de aprender (ou "colar") nos saudosos tempos da Faculdade, lavra suas sentenças muito mais à vontade que uma corte de justiça comum. Não será de admirar, portanto, que o homem vá para a cadeia. Se realmente praticou o crime, nada me parece mais justo. Um crime contra máquinas é sempre uma coisa repugnante, pois as máquinas não devem ser culpadas das extorsões e opressões que os homens praticam, utilizando-as.

E nós, no Brasil, temos bem poucas máquinas para que nos possamos dar ao luxo de estragá-las. O tipo mais abundante de máquinas que possuímos — e assim mesmo em número inferior ao necessário — é o dessas máquinas a que chamaremos, com uma certa boa vontade, humanas. E eis um problema a meditar: o desgaste que se faz, no Brasil, nas máquinas de carne e osso. Vá o leitor assistir, de manhã ou de tarde, a uma partida ou chegada dos trens suburbanos em que viajam essas máquinas de carne e osso. Ali, sim, é possível observar o desgaste violento, quase aflitivo, das maquinarias. É difícil acreditar que estamos ali diante da mesma espécie de animal que se exibe nas areias de Copacabana. A maioria das mulheres e dos homens, inclusive das crianças, tem um ar de coisa usada — e abusada. Uma infinidade de gente mal-acabada e maltratada, um rebanho triste de povo fraco ou doente, cujas caras refletem aborrecimento e necessidade — e onde brilha apenas, raro e raro, a beleza viril de algum rapaz atlético ou a graça fresca de alguma jovem morena. E até esses bons exemplares despertam melancolia, parecem incapazes de resistir durante muito tempo, são árvores sãs numa plantação que a praga de mil dificuldades e deficiências vai estragando.

É que as criaturas humanas são máquinas muito delicadas — e não há outras máquinas neste país de que se cuide menos. Pobres máquinas de carne e osso! Para mantê-las em bom estado de funcionamento, para que rendessem mais e durassem mais, seria preciso que recebessem, na ração que a Vida lhes oferece todo dia, um pouco mais de carne e um pouco menos de osso — desses ossos inumeráveis que a maioria de nossa gente tem de roer com tanta fúria e tão maus dentes, e daquela carne que não é apenas a que tantas vezes não existe no fim das intermináveis filas, mas também tudo o que na vida tem sustância e sangue, as alegrias mais naturais e necessárias ao corpo e à alma a que todos têm direito e tão poucos têm acesso. E dizer que outro dia eu li um artigo de um cavalheiro, no jornal, dizendo que o nosso povo precisa se fortalecer fazendo ginástica! Ah, ginástica, ginástica! Ginástica para viver, ridícula e patética ginástica que tanta gente faz todo dia simplesmente para isso: para continuar. Ah, ginástica! Isso cansa, meu caro senhor, isso cansa.

Março, 1944.

País Difícil

Há hoje no Brasil uma espécie de preciosismo técnico burocrático que vai complicando os problemas com uma terminologia tão pedante que desespera. Isso se manifesta em vários ramos; pululam técnicos em alergias crepusculares, em padronização do tamanho dos clipes e em sociologia de ruas transversais. Parece que estamos em um país sofisticadíssimo, superfino, e há sujeitos que não dormem porque não têm certeza de que conseguirão penicilina se por acaso precisarem de penicilina. Chegamos à perfeição de ver, entre os pontos de exame do Itamarati para carreira diplomática, um dedicado exclusivamente à discussão da autoria das *Cartas Chilenas*, devendo o estudante saber quem era a favor desta e daquela tese e quais os argumentos de um lado e de outro. Descobriu-se, subitamente, a necessidade inadiável dos rapazes aprenderem latim ou grego. Surgiram de uma hora para outra estudiosos de questões especialíssimas, mil críticos de Proust e técnicos em estado corporativo.

É por causa de tudo isso que um homem simples às vezes leva um choque quando repara em alguma coisa simples. Eu por exemplo tive outro dia entre as mãos o resultado de inquéritos de laboratório feitos em vários lugares da Amazônia e do Rio Doce sobre vermes intestinais. Praticamente 100 por cento dessas populações sofrem de vermes. A grande maioria é opilada e quase nunca há um verme só na barriga de cada sujeito; em geral o sujeito acumula várias espécies. Ora, isso não é novidade nenhuma. Todo mundo sabe que nossas populações rurais são cheias de vermes, que o homem do campo é quase sempre um opilado e tem no ventre uma série de bichinhos que sugam o seu sangue e escangalham a sua saúde. Ninguém ignora isso — mas acontece que isso não está na moda. O que está na moda é ter alergia de pena de peru. Um outro relatório que vi contava a história de um médico que foi chamado a certo lugar do interior para combater uma "doença misteriosa" que estava matando o pessoal. Devia ser, com certeza, uma dessas doenças que a gente adquire lendo *Seleções* e tem um nome tão interessante que dá vontade de mandar pôr no cartão de visita. O médico, um desses médicos do interior, meio rude, que vive isolado de nossa grande civilização carioca, chegou à seguinte e estúpida conclusão: a doença misteriosa era fome. Outra coisa fora de moda, outro problema sem atualidade. O importante hoje é fazer uma intensa campanha no sentido de convencer a todas as pessoas cultas de que o complexo vitamínico JM[3], que se encontra em grandes proporções no cabinho das azeitonas pretas, só tem valor contra a tendência a soluçar de madrugada quando combinado com a aplicação de raios infralilases sob as unhas da mão esquerda.

Graças a tudo isso o nível cultural do país vai subindo assustadoramente. Está visto que essa transformação tem suas vantagens. Por exemplo: antigamente um funcionário postal morria decentemente de tuberculose, deixando toda a família na miséria. Hoje, apesar de todas as dificuldades criadas pela guerra, ele ainda pode conseguir o mesmo, desde que cumpra todas as formalidades exigidas pelos dasps e ipases.

Sei uma anedota que é um pouco velha mas pode ser que algum leitor não conheça. É a história do sujeito que tinha um papo enorme e enjoou de consultar médicos e mais médicos. Não havia meio do papo sair. Afinal um conhecido disse que sabia de um remédio formidável: graxa de sapatos.

"— Esquente um pouquinho a lata de graxa e passe bem devagar pelo papo, com um paninho. Depois descanse uns cinco minutos e passe outra vez. Pegue então um pedaço de flanela e esfregue com todo o cuidado; quanto mais esfregar, melhor.

— Mas isso cura mesmo o papo?

— Bem, se cura não sei, mas dá um brilho formidável!"

Oh, graxas, vaselinas, iapetereques, ipasitiquins!

Março, 1944.

Várias Coisas

O tipo de autolotação mais comum é aquele em que vão dois passageiros na frente ao lado do chofer, três no assento de trás e três nas cadeirinhas intermediárias. Essas cadeirinhas às vezes têm encosto, às vezes não. O pior lugar é o do homem do meio das cadeirinhas, o homem que se senta no ar, sem paisagem, sem luz e sem fé — e assim, como tantas outras vezes, estava sentado, numa tarde dessas, o pobre Braga.

Nós 8, que estávamos ali dentro, tínhamos sido os vitoriosos de uma rude batalha, quando, juntamente com mais uns 8 ou 10, assaltamos o lotação que entrava pela Avenida. Houve atropelo, entrava gente ao mesmo tempo por todas as portas, as senhoras protestavam, os cavalheiros discutiam — e afinal nós 8 vencemos no assalto. Mas aquilo ali dentro estava quente, apertado, horrível: e uma senhora gorda que tinha sido pisada no pé se queixava, enquanto um cavalheiro nervoso dizia que esse negócio das cadeirinhas é uma coisa que devia ser proibida pela polícia, uma exploração, uma ganância. Outro cavalheiro aderiu à queixa.

E foi então que um velhinho que estava ao meu lado, um velhinho amarfanhado, de cara triste, que eu não sei como conseguiu sobreviver à luta e arranjara aquele lugar, suspirou e disse:

— Assim coubéssemos no Céu!

Havia na sua voz tanta paciência e renúncia que eu ri: e todo o lotação riu. E nós todos, mesmo os que, como eu, não esperam — pobre de mim — nenhum lugar no Céu, nós todos nos sentimos um pouco mais fortes na vida, mais dispostos a agüentar tudo com ânimo de homem. Assim coubéssemos no Céu!

* * *

Defronte de minha casa mora um ministro. Falta água na rua. Vieram hoje os bombeiros, ligaram um cano de borracha no outro quarteirão lá embaixo, puseram a funcionar um grande e reluzente carro-bomba, e encheram a caixa do prédio do ministro.

A mim, como eu estava na janela, os bombeiros deram bom-dia — o que, afinal de contas, já é alguma coisa.

* * *

Andei pelos campos e montanhas — e nas florestas há quaresmeiras floridas, à margem da estrada sebes de roseiras e os *flamboyants* começam a ficar vermelhos para o verão. A vida é uma coisa simples. Descobri isso plantando uma pequenina muda de tomate junto ao tanque, no quintal. Como ele cresce! Já tem quatro palmos de altura e agora ameaça dar flores. Bem sei que os poetas falam pouco das flores do tomate, mas que nos importa? Eu, minha mulher e meu filho espreitamos toda manhã, à espera que elas nasçam. Meu filho perguntou se flor de tomate era cor de tomate. Envergonhado confessei não saber. Já com tantos cabelos brancos e não sei nada! Não sei, pelo menos, o que é verdadeiramente importante saber — a coisa que um menino pergunta.

* * *

Os verdes mares bravios avançando pela terra: invadiram a praia de Iracema, deixaram meio metro de areia na rua, fizeram cair várias casas. Em nenhuma cidade do Brasil eu gostaria tanto de morar como em Fortaleza, a simples, de carnaubeiras batidas pelo sudeste, de galopes de jangadas, e paneladas na casa do Bié, cidade cheia de gente viva e amiga de todo mundo. Mas talvez não fosse má idéia um pouco menos de terra e um pouco mais de mar neste mundo. Ah, que em noite de lua cheia uma grande maré de equinócio quebrasse os bancos, invadisse os bares, arrebentasse os cassinos, derrubasse os apartamentos de Copacabana; e depois de moer e triturar todo o cimento, todo o tijolo, todo o aço e todos os objetos das lojas de antiguidade, pusesse tudo num fundo de charco além de Barata Ribeiro, até a montanha, e entupisse os túneis. Os homens e as mulheres voltariam depois, pela Gávea, e não veriam mais que areia e lagoas de água salgada enchendo e vazando devagar com as marés. Os pobres dos morros desceriam para pescar siris. Sim, pode ser que o prefeito e os proprietários de imóveis não aprovem essa idéia. Mas eu não sou um tribuno do povo nem um escriba do governo: apenas um pobre-diabo particular. E haveria em meu peito uma limpeza e um sossego; a boa areia cobriria, a boa água do mar afogaria aflições antigas, recordações que são tênues fantasmas que seguem um homem ao longo das ruas, e o tocaiam nas esquinas, e o espreitam na porta dos edifícios, e o chateiam de madrugada, no fundo de um bar... Água, praia, limpeza no peito, sossego no peito.

Março, 1945.

Aula de Inglês

— *Is this an elephant?*

Minha tendência imediata foi responder que não; mas a gente não deve se deixar levar pelo primeiro impulso. Um rápido olhar que lancei à professora bastou para ver que ela falava com seriedade, e tinha o ar de quem propõe um grave problema. Em vista disso, examinei com a maior atenção o objeto que ela me apresentava.

Não tinha nenhuma tromba visível, de onde uma pessoa leviana poderia concluir às pressas que não se tratava de um elefante. Mas se tirarmos a tromba a um elefante, nem por isso deixa ele de ser um elefante; e mesmo que morra em conseqüência da brutal operação, continua a ser um elefante; continua, pois um elefante morto é, em princípio, tão elefante como qualquer outro. Refletindo nisso, lembrei-me de averiguar se aquilo tinha quatro patas, quatro grossas patas, como costumam ter os elefantes. Não tinha. Tampouco consegui descobrir o pequeno rabo que caracteriza o grande animal e que, às vezes, como já notei em um circo, ele costuma abanar com uma graça infantil.

Terminadas as minhas observações, voltei-me para a professora e disse convictamente:

— *No, it's not!*

Ela soltou um pequeno suspiro, satisfeita: a demora de minha resposta a havia deixado apreensiva. Imediatamente me perguntou:

— *Is it a book?*

Sorri da pergunta: tenho vivido uma parte de minha vida no meio de livros, conheço livros, lido com livros, sou capaz de distinguir um livro à primeira vista no meio de quaisquer outros objetos, sejam eles garrafas, tijolos ou cerejas maduras — sejam quais forem. Aquilo não era um livro, e mesmo supondo que houvesse livros encadernados em louça, aquilo não seria um deles: não parecia de modo algum um livro. Minha resposta demorou no máximo dois segundos:

— *No, it's not!*

Tive o prazer de vê-la novamente satisfeita — mas só por alguns segundos. Aquela mulher era um desses espíritos insaciáveis que estão sempre a se propor questões, e se debruçam com uma curiosidade aflita sobre a natureza das coisas.

— *Is it a handkerchief?*

Fiquei muito perturbado com essa pergunta. Para dizer a verdade, não sabia o que poderia ser um *handkerchief*; talvez fosse hipoteca... Não, hipoteca não. Por que haveria de ser hipoteca? *Handkerchief!* Era uma palavra sem a menor sombra de dúvida antipática; talvez fosse chefe de serviço ou relógio de pulso ou ainda, e muito provavelmente, enxaqueca. Fosse como fosse, respondi impávido:

— *No, it's not!*

Minhas palavras soaram alto, com certa violência, pois me repugnava admitir que aquilo ou qualquer outra coisa nos meus arredores pudesse ser um *handkerchief*.

Ela então voltou a fazer uma pergunta. Desta vez, porém, a pergunta foi precedida de um certo olhar em que havia uma luz de malícia, uma espécie de insinuação, um longínquo toque de desafio. Sua voz era mais lenta que das outras vezes; não sou completamente ignorante em psicologia feminina, e antes dela abrir a boca eu já tinha a certeza de que se tratava de uma pergunta decisiva.

— *Is it an ashtray?*

Uma grande alegria me inundou a alma. Em primeiro lugar porque eu sei o que é um *ashtray*: um *ashtray* é um cinzeiro. Em segundo lugar porque, fitando o objeto que ela me apresentava, notei uma extraordinária semelhança entre ele e um *ashtray*. Sim. Era um objeto de louça de forma oval, com cerca de 13 centímetros de comprimento.

As bordas eram da altura aproximada de um centímetro, e nelas havia reentrâncias curvas — duas ou três — na parte superior. Na depressão central, uma espécie de bacia delimitada por essas bordas, havia um pequeno pedaço de cigarro fumado (uma bagana) e, aqui e ali, cinzas esparsas, além de um palito de fósforos já riscado. Respondi:

— *Yes!*

O que sucedeu então foi indescritível. A boa senhora teve o rosto completamente iluminado por uma onda de alegria; os olhos brilhavam — vitória! vitória! — e um largo sorriso desabrochou rapidamente nos lábios havia pouco franzidos pela meditação triste e inquieta. Ergueu-se um pouco da cadeira e não se pôde impedir de estender o braço e me bater no ombro, ao mesmo tempo que exclamava, muito excitada:

— *Very well! Very well!*

Sou um homem de natural tímido, e ainda mais no lidar com mulheres. A efusão com que ela festejava minha vitória me perturbou; tive um susto, senti vergonha e muito orgulho.

Retirei-me imensamente satisfeito daquela primeira aula; andei na rua com passo firme e ao ver, na vitrinc de uma loja, alguns belos cachimbos ingleses, tive mesmo a tentação de comprar um. Certamente teria entabulado uma longa conversação com o embaixador britânico, se o encontrasse naquele momento. Eu tiraria o cachimbo da boca e lhe diria:

— *It's not an ashtray!*

E ele na certa ficaria muito satisfeito por ver que eu sabia falar inglês, pois deve ser sempre agradável a um embaixador ver que sua língua natal começa a ser versada pelas pessoas de boa fé do país junto a cujo governo é acreditado.

Maio, 1945.

Não Tem

O Rio de Janeiro é hoje a cidade do "não tem", do "já fechou" e do "não pode ser". Não pensem que eu seja um desses cidadãos que se lamentam à toa. Até que não. Quando não há pão, como broa, se não há broa posso comer, segundo o conselho de Maria Antonieta, brioches; ou me arranjo com um biscoito qualquer ou um doce. Muitas vezes pela manhã tenho tomado o meu café com banana; e várias vezes café com café mesmo, sem mastigo nem leite. Quando falta guaraná no botequim, peço água tônica; se não tem, peço mineral, ou água de torneira ou cerveja — e nesse andar até cachaça já tomei.

Está visto que houve a guerra, afundaram navios e fizeram outras barbaridades. Não é disso que me queixo. Queixo-me é de que a guerra continue. É uma guerra de nervos, atacando o estômago e o bolso, duas partes do corpo humano em que os nervos são particularmente sensíveis. E não respeitam setor nenhum. Vejam o caso do cafezinho, por exemplo. Antes de mais nada, é preciso descobrir onde há um café aberto. Às vezes não se encontra. Os cafés abrem cada vez mais tarde e fecham cada vez mais cedo — e ainda por cima muitas vezes fecham as portas um vez por semana. Mas achamos um café aberto e pedimos um café. "Não tem." Não tem porque a casa está cheia e o dono resolveu que hoje só se pode vender média, embora sem leite mas com pão e manteiga ou com doce infame — a mil e quatrocentos ou mil e seiscentos. Ou então não há café de espécie alguma, pois só se serve de cerveja para cima. Quando há café, ele está cada vez mais aguado e mais ardido. Mas o grande golpe é pôr toalha na mesa — a solene toalha que quer dizer que o infame cafezinho não pode ser servido neste importante estabelecimento.

O que se deseja, está visto, é aumentar o preço do café, para aumentarem-se os lucros. Provisoriamente o que se faz é aumentar o lucro em outras coisas — ou aguando o café, o péssimo café que se toma no Rio. Há três dias há pão em minha casa — pão com uma boa porcentagem de trigo, até gostoso. Há muito tempo não havia — ou não havia nada ou havia uns pãezinhos de milho que não pareciam vir da padaria, mas da cerâmica. Que foi que houve? Que providência tomou o governo? Isso: aumentou o preço. E como aumentou o preço parece que chegou trigo de avião, porque o que não havia passou a haver imediatamente e como por milagre. Não me consta que alguém tenha sido preso por causa disso. Para o milagre da multiplicação dos pães bastou a multiplicação dos lucros, dos distintos moinhos dos trustes e das honradas padarias. Se o governo não prende ninguém, o remédio é a ação direta. A gente entra num café com alguma coisa embrulhada num *Jornal do Commercio* — e pede um café. "Não tem." Descobre-se a metralhadora de mão e argumenta-se com delicadeza:

— Deve ter, nossa amizade. Os submarinos não afundaram os nossos cafezais. Eu sou um cidadão brasileiro, tenho duzentos réis no bolso e desejo tomar um café decente — agora, e aqui.

Eis a humilde sugestão que apresento ao público e à Associação Comercial, de acordo com a Carta Econômica de Teresópolis, a Carta de Paz Social, a Teoria do Desenvolvimento Pacífico, a Encíclica *Rerum Novarum* e outros documentos positivamente contra o freguês.

Maio, 1945.

Passeio à Infância

Primeiro vamos lá embaixo no córrego; pegaremos dois pequenos carás dourados. E como faz calor, veja, os lagostins saem da toca. Quer ir de batelão, na ilha, comer ingás? Ou vamos ficar bestando nessa areia onde o sol dourado atravessa a água rasa? Não, catemos pedrinhas redondas para a atiradeira, porque é urgente subir no morro; os sanhaços estão bicando os cajus maduros. É janeiro, grande mês de janeiro!

Podemos cortar folhas de pita, ir para o outro lado do morro e descer escorregando no capim até a beira do açude. Com dois paus de pita, faremos uma balsa, e, como o carnaval é no mês que vem, vamos apanhar tabatinga para fazer fôrmas de máscaras. Ou então vamos jogar bola-preta: do outro lado do jardim tem um pé de saboneteira.

Se quiser, vamos. Converta-se, bela mulher estranha, numa simples menina de pernas magras e vamos passear nessa infância de uma terra longe. É verdade que jamais comeu angu de fundo de panela?

Bem pouca coisa eu sei: mas tudo que sei lhe ensino. Estaremos debaixo da goiabeira; eu cortarei uma forquilha com o canivete. Mas não consigo imaginá-la assim; talvez se na praia ainda houver pitangueiras... Havia pitangueiras na praia? Tenho uma idéia vaga de pitangueiras junto à praia. Iremos catar conchas cor-de-rosa e búzios crespos, ou armar o alçapão junto do brejo para pegar papa-capim. Quer? Agora devem ser três horas da tarde, as galinhas lá fora estão cacarejando de sono, você gosta de fruta-pão assada com manteiga? Eu lhe dou aipim ainda quente com melado. Talvez você fosse como aquela menina rica, de fora, que achou horrível nosso pobre doce de abóbora e coco.

Mas eu a levarei para a beira do ribeirão, na sombra fria do bambual; ali pescarei piaus. Há rolinhas. Ou então ir descendo o rio numa canoa bem devagar e de repente dar um galope na correnteza, passando rente às pedras, como se a canoa fosse um cavalo solto. Ou nadar mar afora até não poder mais e depois virar e ficar olhando as nuvens brancas. Bem pouca coisa eu sei; os outros meninos riram de mim porque cortei uma iba de assa-peixe. Lembro-me que vi o ladrão morrer afogado com os soldados de canoa dando tiros, e havia uma mulher do outro lado do rio gritando.

Mas como eu poderia, mulher estranha, convertêla em menina para subir comigo pela capoeira? Uma vez vi uma urutu junto de um tronco queimado; e me lembro de muitas meninas. Tinha uma que era para mim uma adoração. Ah, paixão da infância, paixão que não amarga. Assim eu queria gostar de você, mulher estranha que ora venho conhecer, homem maduro. Homem maduro, ido e vivido; mas quando a olhei, você estava distraída, meus olhos eram outra vez os encantados olhos daquele menino feio do segundo ano primário que quase não tinha coragem de olhar a menina um pouco mais alta da ponta direita do banco.

Adoração de infância. Ao menos você conhece um passarinho chamado saíra? É um passarinho miúdo: imagine uma saíra grande que de súbito aparecesse a um menino que só tivesse visto coleiras e curiós, ou pobres cambaxirras. Imagine um arco-íris visto na mais remota infância, sobre os morros e o rio. O menino da roça que pela primeira vez vê as algas do mar se balançando sob a onda clara, junto da pedra.

Ardente da mais pura paixão de beleza é a adoração da infância. Na minha adolescência você seria uma tortura. Quero levá-la para a meninice. Bem pouca coisa eu sei; uma vez na fazenda riram: ele não sabe nem passar um barbicacho! Mas o que sei lhe ensino; são pequenas coisas do mato e da água, são humildes coisas, e você é tão bela e estranha! Inutilmente tento convertê-la em menina de pernas magras, o joelho ralado, um pouco de lama seca do brejo no meio dos dedos dos pés.

Linda como a areia que a onda ondeou. Saíra grande! Na adolescência me torturaria; mas sou um homem maduro. Ainda assim às vezes é como um bando de sanhaços bicando os cajus de meu cajueiro, um cardume de peixes dourados avançando, saltando ao sol, na piracema; um bambual com sombra fria, onde ouvi silvo de cobra, e eu quisera tanto dormir. Tanto dormir! Preciso de um sossego de beira de rio, com remanso, com cigarras. Mas você é como se houvesse demasiadas cigarras cantando numa pobre tarde de homem.

Julho, 1945.

A Companhia dos Amigos

O jogo estava marcado para as 10 horas, mas começou quase 11. O time de Ipanema e Leblon tinha alguns elementos de valor, como Aníbal Machado, Vinicius de Moraes, Lauro Escorel, Carlos Echenique, o desenhista Carlos Thiré, e um cunhado do Aníbal que era um extrema-direita tão perigoso que fui obrigado a lhe dar uma traulitada na canela para diminuir-lhe o entusiasmo. Eu era beque do Copacabana e atrás de mim estava o guardião e pintor Di Cavalcanti. Na linha média e na atacante jogavam um tanto confusamente Augusto Frederico Schmidt, Fernando Sabino, Orígenes Lessa, Newton Freitas, Moacir Werneck de Castro, o escultor Pedrosa, o crítico Paulo Mendes Campos. Não havia juiz, o que facilitou muito a movimentação da peleja, que se desenrolou em três tempos, ficando convencionado que houve dois jogos. Copacabana venceu o primeiro por 1x0 (houve um gol deles anulado porque Di Cavalcanti declarou que passara por cima da trave; e, como não havia trave, ninguém pôde desmentir). O segundo jogo também vencemos, por 2 a 1. Esse 1 deles foi feito passando sobre o meu cadáver. Senti um golpe no joelho, outro nos rins e outro na barriga; elevei-me no ar e me abati na areia, tendo comido um pouco da mesma.

A torcida era composta de variegadas senhoras que ficavam sob as barracas e chupavam melancia. Uma saída do *center-forward* Schmidt (passando a bola gentilmente para trás, para o *center-half*) e uma defesa de Echenique foram os instantes de maior sensação.

Carlos Drummond de Andrade deixou de comparecer, assim como outros jogadores do Copacabana, como Sérgio Buarque de Holanda e Chico Assis Barbosa. Afonso Arinos de Melo Franco jogará também no próximo encontro, em que o Leblon terá o reforço de Fernando Tude e Édison Carneiro, além de Otávio Dias Leite e outros. Joel Silveira mora em Botafogo, mas como sua casa é perto do Túnel Velho jogará no Copacabana.

Assim nos divertimos nós, os cavalões, na areia. As mulheres riam de nosso "prego". Suados, exaustos de correr sob o sol terrível na areia quente e funda, éramos ridículos e lamentáveis, éramos todos profundamente derrotados. Ah, bom tempo em que eu jogava um jogo inteiro — um meia-direita medíocre mas furioso — e ainda ia para casa chutando toda pedra que encontrava no caminho.

Depois mergulhamos na água boa e ficamos ali, uns 30 homens e mulheres, rapazes e moças, a bestar e conversar na praia. Doce é a companhia dos amigos; doce é a visão das mulheres em seus maiôs, doce é a sombra das barracas; e ali ficamos debaixo do sol, junto do mar, perante as montanhas azuis. Ah, roda de amigos e mulheres, esses momentos de praia serão mais tarde momentos antigos. Um pensamento horrivelmente besta, mas doloroso. Aquele amará aquela, aqueles se separarão; uns irão para longe, uns vão morrer de repente, uns vão ficar inimigos. Um atraiçoará, outro fracassará amargamente, outro ainda ficará rico, distante e duro. E de outro ninguém mais ouvirá falar, e aquela mulher que está deitada, rindo tanto sua risada clara, o corpo molhado, será aflita e feia, azeda e triste.

* * *

E houve o Natal. Os Bragas jamais cultivaram com muito ardor o Natal; lembro-me que o velho sempre gostava de reunir a gente num jantar, mas a verdade é que sempre faltava um ou outro no dia. Nossas grandes festas eram São João e São Pedro — em São João havia fogueira no quintal, perto do grande pé de fruta-pão, e em São Pedro, padroeiro da cidade, havia uma tremenda batalha naval aérea inesquecível de fogos de artifício. Hoje não há mais nem São João, nem São Pedro, e continua não havendo Natal. Tomei um suco de laranja e fui dormir. A cidade estava insuportável, com milhões de pessoas na rua, os caixeiros exaustos, os preços arbitrários, o comércio, com o perdão da palavra, lavando a égua, se enchendo de dinheiro. Terá nascido Cristo para todo ano dar essa enxurrada de dinheiro aos senhores comerciantes, que já em novembro começam a espreitar o pequenino berço na estrebaria com um olhar cúpido?

Atravessarei o ano na casa fraterna de Vinicius de Moraes. Estaremos com certeza bêbedos e melancólicos — mas, em todo caso, meus amigos, se eu não ficar melancólico farei ao menos tudo para ficar bêbedo. Como passam anos! Ultimamente têm passado muitos anos. Mas não falemos nisso.

Dezembro, 1945.

Um Pé de Milho

Os americanos, através do radar, entraram em contato com a Lua, o que não deixa de ser emocionante. Mas o fato mais importante da semana aconteceu com o meu pé de milho.

Aconteceu que no meu quintal, em um monte de terra trazido pelo jardineiro, nasceu alguma coisa que podia ser um pé de capim — mas descobri que era um pé de milho. Transplantei-o para o exíguo canteiro na frente da casa. Secaram as pequenas folhas, pensei que fosse morrer. Mas ele reagiu. Quando estava do tamanho de um palmo veio um amigo e declarou desdenhosamente que na verdade aquilo era capim.

Quando estava com dois palmos veio outro amigo e afirmou que era cana.

Sou um ignorante, um pobre homem de cidade. Mas eu tinha razão. Ele cresceu, está com dois metros, lança as suas folhas além do muro — e é um esplêndido pé de milho. Já viu o leitor um pé de milho? Eu nunca tinha visto. Tinha visto centenas de milharais — mas é diferente. Um pé de milho sozinho, em um canteiro, espremido, junto do portão, numa esquina de rua — não é um número numa lavoura, é um ser vivo e independente. Suas raízes roxas se agarram no chão e suas folhas longas e verdes nunca estão imóveis. Detesto comparações surrealistas — mas na glória de seu crescimento, tal como o vi em uma noite de luar, o pé de milho parecia um cavalo empinado, as crinas ao vento — e em outra madrugada parecia um galo cantando.

Anteontem aconteceu o que era inevitável, mas que nos encantou como se fosse inesperado: meu pé de milho pendoou. Há muitas flores belas no mundo, e a flor de milho não será a mais linda. Mas aquele pendão firme, vertical, beijado pelo vento do mar, veio enriquecer nosso canteirinho vulgar com uma força e uma alegria que fazem bem. É alguma coisa de vivo que se afirma com ímpeto e certeza. Meu pé de milho é um belo gesto da terra. E eu não sou mais um medíocre homem que vive atrás de uma chata máquina de escrever: sou um rico lavrador da Rua Júlio de Castilhos.

Dezembro, 1945.

Dia da Marinha

Estamos, no fim de um dia de trabalho, estreitamente ligados e profusamente amontoados, oito desconhecidos. Hoje é o Dia da Marinha; mas nem por isso apareceu uma galera na porta do escritório, nem eu pude pegar na esquina um bergantim; de maneira que viajamos com raiva e melancolia no velho autolotação. Sentimos a nossa respiração, os músculos mútuos; qualquer movimento que um faça aqui dentro repercute no outro.

Estou cerradamente imóvel; uma senhora de olhos azuis, que está acompanhada de um rapaz moreno, sentou-se ao meu lado. Com esse respeito que uma bela desconhecida inspira, fiquei ali agarrado ao meu canto, as pernas imprensadas pela cadeirinha da frente. Falavam em voz baixa, ela com uma espécie de paciência irritada, ele num tom surdo, meio queixoso, meio rude.

Não sei que espécie de pudor me impede de contar a conversa: como que me entristeceria ser indiscreto sobre aqueles dois desconhecidos. Era uma conversa de namorados, talvez de amantes. Ele a recriminava por alguma coisa, e ela respondia. Estavam os dois tristes, numa dessas crises de vazio melancólico que às vezes assalta os amantes urbanos.

— Porque você não se interessou...

— Mas não foi, você sabe que não foi. Ele tinha chegado...

As frases eram assim: e aquelas frases não contavam precisamente nada, mas diziam tudo.

* * *

Uma dessas histórias vulgares, com dificuldade de chave de apartamento, com hora de dentista, com indiscrições e ciúmes, telefone ocupado, cautelas infinitas e golpes súbitos de loucura — um desses casos tão iguais a todos e tão especialmente particulares. Fiquei comovido, meio triste, e um pouco aborrecido de estar incomodando o casal com minha presença forçada.

Foi então que ele disse alguma coisa que eu não ouvi, e ela deixou escapar uma exclamação:

— Ora bolas!

Os dois ficaram em silêncio, um silêncio em que aquela exclamação se eternizava, antipática e vulgar.

Porque o silêncio não tem substância; ele é vazio como grande redoma de vidro, e o que vive nele é a última palavra ou o último gesto. E aquele "ora bolas" continuava no silêncio, como se fosse uma desagradável mosca zumbindo dentro da redoma — aquela redoma em que o homem de cara morena e a senhora de olhos azuis deviam ter vivido minutos de silêncio infinito e suave.

Mas de repente ele viu alguma coisa; e nós todos voltamos a cabeça para ver. Na baía escura estava toda a esquadra tremendo de luzes. Vinte ou trinta ou quarenta navios de guerra grandes e pequenos estavam ali imóveis, faiscantes, as proas apontadas para o mar alto, com fieiras de luzes descendo dos mastros para a popa e a proa, dialogando com sinais luminosos, ferindo o céu e o dorso das montanhas com o jato cruzado de seus projetores de ouro.

— Que beleza!

Ela disse com uma veemência infantil — e nossos olhos todos eram olhos deslumbrados de criança.

— Mas que bonito!

Era a voz do homem. E depois que um ônibus qualquer nos trancou a vista, e o lotação virou à direita, eles ficaram calados. Mas agora era um doce silêncio, e senti que ela encostava mais nele o seu ombro esquerdo — e lentamente ele lhe segurou a mão. Nosso auto voava entre outros autos negros e luzidios, num galope veloz de motores surdos em demanda ao sul. E o silêncio deles era cheio de beleza. Que pode haver mais belo que uma esquadra no mar? Diante da esquadra faiscante de luzes, que importam o telefone em comunicação, a espera infeliz no fundo do bar, e toda a pequena mortificação ansiosa, ó inquietos amantes urbanos?

Passamos a encruzilhada nervosa do Mourisco. E quando o auto subia veloz a Avenida Pasteur, alguém desceu uma vidraça, e entrou uma rajada de vento que jogou para trás os cabelos da mulher. Ah, sou um pobre homem, triste e feio, mas grave dentro de mim mesmo, sem nenhuma ambição além de manter o que tenho, que é pouco para os outros e tudo para mim. Sou o mais obscuro viajante deste velho autolotação, e estou aqui afundado e imóvel no último canto, escuro e só. Mas, que me seja dado murmurar sem que ninguém ouça (pois o ronco do motor abafa meu murmúrio); que me seja dado abençoar esses amantes e dizer que assim, os cabelos batidos pelo vento, a cara séria olhando para a frente, essa mulher de olhos azuis é bela como tudo o que é belo: cavalo galopando no campo, navio que avança pelo mar.

Dobramos à direita; agora o nosso lotação avança para o túnel; por que dizer o nosso lotação? É o nosso bergantim que avança para o túnel. É o nosso bergantim!

Janeiro, 1946.

Subúrbios

Um passeio pelos subúrbios da Central e da Leopoldina não é uma fina idéia de turismo. O turista querendo ver a pobreza deve ir a um morro — onde há muita miséria e muita doença, mas há horizonte. Horizonte não enche a barriga de ninguém: mas enche os olhos. Árvores, amplo céu, vista de cidades e às vezes de mar; altura, vento... Muitos pintores nossos já fizeram quadros do morro; mas ao triste subúrbio, quem se arrisca?

Ali a pobreza é toda feiúra e limitação. Não me refiro aos centros suburbanos meio orgulhosos, com seus prédios importantes, bom comércio, movimento nas praças ajardinadas; mas aos densos subúrbios dos subúrbios. Ali a pobreza se achata na planície; o que a pobreza vê é a outra pobreza. No aperto incrível do trem, eu espiava, sobre os ombros de um passageiro, a revista que ele ia lendo; havia um artigo sobre Goya. A um solavanco, desviei os olhos e vi então uma cara horrenda de mulher ou menina — uma cara que era um aleijão pavoroso e ridículo. Uma assombração de Goya marchava para Madureira. Logo depois, uma menina de onze anos que não sabia falar; um homem que tossia, naquele aperto, com uma tuberculose evidente e melancólica.

Há, certamente, nos subúrbios, pessoas normais e belas. Mas na população geral o que sentimos é uma depressão física e também mental. As conversas são queixas irritadas, ou resenhas de males e dificuldades. E como são feias as casas, e sujos os quintais; há ruas inteiras que cheiram mal. Respira-se um ar de problemas; são problemas baratos, que ninguém resolve e que se cruzam com outros problemas. Não há sequer aquela dignidade que encontramos por exemplo numa aldeia de pescadores extremamente miserável, perdida numa praia qualquer — onde a vida tem um ritmo simples, entre os peixes, as esteiras e a mandioca.

O subúrbio é penetrado pelo mundo; ele ajuda a fazer funcionar o mundo, e ao mesmo tempo é um lixo confuso de gente boa a ruim, de ambições mesquinhas e sonhos tortos. A vida sofre uma distorção; perde seu sentido mais simples. Na aldeia da Pacalucagem o sol nasce, o sol morre; aqui o trem sai e o trem chega — atrasado. Há uma tristeza mesquinha; nem a desgraça é límpida.

Nesses subúrbios tão juntos do centro do Rio sentimos essa imagem do povo do Brasil. Somos um país de vida pobre — e quase sempre feia. A má fé penetrou a religião, a política, a família, a escola, a economia, o amor. Como se vive de má fé! Por favor, não falem demasiado em nossas tradições, em nossas instituições. Umas são rotinas; outras são arranjos. Em toda parte. No subúrbio acontece que nossa mesquinhez fundamental é mais nítida. E nas paredes chega a ser aflitiva a repetição — feita com tanto ardor! tão altas esperanças! — de um nome frio, medíocre, melancólico: Fiúza...

Fevereiro, 1946.

Conversa de Abril

É abril, é mês de abril, me perdoareis. Andamos à noite pela praia, e vemos a lua que lambe o dorso liso da onda. Assim às vezes, na penumbra, há um brilho na curva de vosso lábio; e onda e lua têm a mesma substância clara e móvel de vosso fantástico ser. Eu pensarei em coisas longe; me perdoareis, porque na verdade vos levo comigo nessa dança triste.

É abril, me perdoareis. Estou completamente cansado. Retorno à aldeia depois de três dias de galope de jipe pelas estradas confusas de caminhões e poeira e explosões. Tenho no bolso um caderno de notas. Quereis que vos descreva essas montanhas e vales, e o que fazem os seres humanos neste tempo de primavera? Deixai-me estirar o corpo na cama; depois tiro as botas. Ouvi-me. As montanhas, já vos descreverei as montanhas. São números. Deus, que seco paisagista sou, que vejo uma paisagem de números — e como escorre sangue desses números! Aqui é a cota 724; aqui é 870, aqui é 910. Novecentos e dez. Eu digo isso e não vos comoveis! Escorre sangue do número 910. Esse número foi dito por um homem a outro homem, e foi repetido de homem a homem, e apontado tantas vezes no mapa sujo com um lápis, às vezes um lápis trêmulo. Contra ele se voltaram os binóculos e os canhões. Sobre ele desceram, numa ronda feroz, os aviões cuspindo fogo. Onde era 910, o chão tremia em um inferno de explosões, fogo e fumaça. Depois os homens cansados começaram a subir, lentos. Pense nesse homem, um qualquer. Por exemplo: I.G. 194.345. Eis um homem. Ah, podeis preferir murmurar assim: eis Antônio, filho do Pedro e Iracema; o que teve coqueluche e empinou papagaio vermelho. O que quase morreu afogado quando foi na ilha comer ingá. O que estava trabalhando com Seu Fagundes, e parece que namorava aquela menina, filha de Dona Maria, na cabeça da ponte. Sim, é um magrinho que naquela noite aqui em casa, no aniversário de Ester, tocou violão. Sim, esse é Antônio; lembraremos sua cara magra, seus olhos pardos; estava sempre de sapatos de duas cores, vermelho e branco. Parecia um bom rapaz.

Seria um bom rapaz? Digamos que não. Compreendereis: prefiro dizer que não, ou não dizer nada. Nem falar do que sentia, nem de seu sonho, nem de sua ruindade. Todo homem é ruim e sonha. Que importa? Ah, já sei. Quando chegar a notícia todos dirão: "Foi aquele que morreu, Antônio, filho de Dona Iracema, aquele que era guarda-livros da casa de ferragens, logo aquele, tão bom rapaz!" Todos dirão: "tão bom". E a menina da cabeça da ponte, daqui, vamos dizer, a dois anos, ficará noiva, vamos dizer, de um rapaz de Muqui, que, também vamos dizer, se chamará Antônio. E lhe dirá na segunda noite de namoro, na cabeça da ponte, ou, vamos dizer, na praia, junto às canoas: "Eu já tive um namorado meio noivo chamado Antônio; ele morreu na guerra." Ficará triste. Nem por isso deixarão de estar macios e duros os seus seios, sob a blusa branca. O outro a beijará encostando o corpo.

Espero que me perdoeis; é abril, invento coisas. I.G. 194.345 vai com os outros subindo para 910. Vão subindo. Vistos assim de longe, parecem lentos. Por que se deitam? As metralhadoras abriram fogo; cai uma barragem de morteiros. Ali é um campo de minas. Morreu I.G. 194.345. Os outros avançam lentos, menos um que... Mas que importa? Já vos descrevi a paisagem e falei dos seres humanos. Como estou cansado! Passai a mão pela minha cabeça. Está tão suja de poeira. Estou completamente cansado e tenho um caderno cheio de notas. Escreverei com quatro folhas de papel-carbono. Sei escrever. Vivo disso. Sou honrado. Escreverei, não triste, nem alegre; contarei fatos. Acaso me compreendeis? Contarei fatos referentes a primavera nas montanhas. Eu sei escrever. Abrir a máquina, pôr os papéis, os carbonos, e dizer: "O desenvolvimento da ofensiva da primavera." Sim, contarei fatos. E eu, tudo que eu escrevo, podem confiar em mim os concidadãos. Não invento; procuro ser preciso; dizer com clareza; vejo as notas; às vezes paro para pensar. Depois a pequena máquina trepida. Não é, bem o sabeis, uma metralhadora, pois meu mister é mais humilde. É uma máquina de escrever. Sou uma máquina de escrever. Agora mesmo, cabeceando de sono e cansaço, posso sentar e escrever para pegar o correio que sai às 7 e meia. Acendo duas velas, puxo um caixote e escrevo. Sou uma máquina de escrever com algum uso, mas em bom estado de funcionamento. Estou escrevendo; estou fazendo a guerra; aqui vim em busca de paz. Sou calmo e poderoso, porque meu dever é escrever, tenho o que escrever, e escrevo. Certamente coisas sem maior importância; como I.G. 194.345, por exemplo.

Subitamente retorno à escola, e o professor me passa um dever: fazer uma composição sobre a primavera. Faço. Ele lê e não entende. Em parte alguma, nem em Lamartine, há nenhuma flor chamada novecentos e dez. Entretanto, por que mandaram uma patrulha de homens sujos e cansados colher essa flor? O professor ri, mostrando a composição aos outros alunos, e zomba de mim. "O Senhor Braga fez uma composição muito comprida e muito boa, mas eu vou passá-la ao Prof. Figueira, porque ele é que é professor de Matemática." As outras crianças me olham com estranheza. Levanto, tenho a voz trêmula. Há risos que me ferem como um insulto. Explico. "No 874... o senhor sabe, à esquerda de 850 do sul..." Atacam-me de todos os lados olhares e risos, como insultos. Desabo sobre a carteira; choro; choro convulsivamente sou um menino que o mais desgraçado pranto sacode pelos ombros magros.

Alguém me passa a mão pela cabeça. Meus cabelos estão muito sujos. Mas ergo a cabeça e sou outra vez um homem — de barba por fazer, os olhos ardidos e vermelhos, mas secos. Levanto-me com esforço para pegar o camburão d'água. Está vazio. Gostaria ao menos de lavar a cara. Estou cansado, estou completamente cansado, meu amor.

Abril, 1946.

Posto 6

Moro no Posto 6, uma zona fina, onde habitam ainda Carlos Drummond de Andrade, o General Góis Monteiro, Martins de Almeida, o Ministro Viriato Vargas, o Franklin de Oliveira e outros bons e maus cidadãos. Vê-se, pelos nomes citados, que nossa paróquia está bem defendida pelo verso, pela prosa, pela espada e pela lei. No fundo o governo deve nos temer, a nós, do Posto 6. Talvez não muito, porque somos pouco unidos. Se eu fizesse entrevistas com o General Góis, ou por exemplo o Carlos Drummond dedicasse versos ao Viriato! Mas na verdade não tomamos conhecimento uns dos outros; nem mesmo, nos bons tempos da jogatina, jamais fizemos frente única com as boas moças do Atlântico.

Desunidos, somos fracos. Não custaria, por exemplo, ao General Góis, mandar dizer aos homens do caminhão de água que vão matar a sede de seu prédio: "O Braga mora ali defronte, levem água para o Braga. Água para a caixa do Braga!"

Se formos atacados pelos extremistas, como resistirei com a caixa seca? Sim, subam lá no Posto 6 para ver nossa desunião. O Ministro Viriato, que deve ganhar de presente belas caixas de vinho português, jamais mandou uma chapuceirinha para o triste Braga. Sem água e sem vinho, não posso fazer milagres. E pela manhã saio de casa às ocultas e humildemente vou tomar minha chuveirada no Posto 2. Isto é uma vergonha, sem dúvida, para quem mora no Posto 6, o mais alto de todos, o mais ilustre.

Mas nossa tristeza é relativa — porque afinal, eu, com estas choradeiras, o Ministro Viriato com aqueles artigos salazaristas estilo dor-de-barriga, o Franklin com sua cabeleira de angústias, e os magros Drummond e Almeida, um triste com o Brasil errado, outro com o sentimento do mundo, e mesmo o general tão cansado de salvar a Pátria tão confusa, nós todos somos uns boas-vidas. A turma do morro do Cantagalo é que sofre mais. Ainda outro dia era pensando naquela gente que eu lamentei a sorte das mulheres que todo dia, com sol ou chuva, têm que subir o morro com latas d'água cheias, na cabeça.

Pois a Prefeitura atendeu minha reclamação. Mais uma vitória do vibrante cronista do Posto 6! Ontem vi as mulheres que subiam o morro. Iam com a cara feia e resmungavam. Mas não levavam na cabeça as latas pesadas. Levavam as latas vazias. Tinham se espalhado pelo bairro todo, com as latas na mão, pedinchando água, e não tinham conseguido nem uma gota. E uma delas, uma negra, ainda cantarolava, batendo os dedos na lata vazia, o samba que o ministro queria proibir:

"Trabalhar, eu não, eu não..."

Maio, 1946.

Não mais Aflitos

Assim é o homem que espera a mulher. Vê o relógio, fuma, e telefona. Sabe que ela vem; tem vindo. Pode estar tranqüilo; mais cinco minutos e chegará. E, como é natural, ela chega. Mas no bojo desse fato simples, esperado, certo, há um elemento de surpresa, um recôndito milagre. O instante em que ela chega pode ser rigorosamente previsto. Sabemos que está no trem; mas quando o trem pára e ela surge, isso não é um fenômeno que vem atrás do outro numa cadeia de coisas. Essa presença é sempre um fato inédito; o céu interveio. Ou não digamos o céu; vamos dizer que a força secreta da vida saltou de súbito, produziu um instante livre, novo, solto em si mesmo. Não foi o ônibus, nem o trem, nem o táxi que a trouxe. Se ela veio andando, não veio andando pela rua. É evidente que podemos reconstituir materialmente sua viagem; mas no instante em que chega há o leve choque de algo que aparece, como a leve carga de chuva grossa e rápida que uma pequena nuvem lança, ou como um raio de sol que intervém, louro, fino, vibrante, entre duas massas de penumbra. Se ela desceu atrás da casa, pelo pomar, sentimos que não apenas passou sob as mangueiras. "Baixou", como dizem os espíritas.

É uma realidade superior, um mundo de fantasias que se encarna de súbito aos nossos olhos. A natureza da mulher é assim feita não só da estrita carne e da voz, os olhos líquidos e os cabelos, a tênue veia atrás dos joelhos, os vestidos, a boca e, santo Deus, os braços; há a substância improvisada de algas, nuvens e brisas; e mais. Um leve murmúrio de estrelas. Está visto que falar assim é dizer bobagens. Mas por que lembramos a leve onda trêmula, ou um apito longo de trem que ouvimos uma tarde numa capoeira, depois de um silêncio deixado por um bando de periquitos? As sensações da vida sobem dentro de nós; há um leve aperto de garganta. Lembramos inhames à beira do córrego, e o calor do pescoço do cavalo sob a crina; em alguma parte há marolas gulosas de água verde lambendo o batelão.

E flor! É inacreditável como a mulher se parece com a flor. Fixemos: uma flor. Sabemos o que é, como nasceu, e que morrerá. Mas nossa botânica não explica a frescura desse milagre; nem muito menos por que nos emociona. Podemos passar diante de uma casa de flores, e ver, e achar belas as flores. Mas a flor que de repente nasce no muro familiar, que adianta prová-la? É uma aparição; algo que traz do fundo da terra uma inesperada palavra de candor. Parece dizer: eis-me aqui. E não é apenas a brisa que a estremece: é a vida.

Vejam, concidadãos. Eu escrevia as coisas acima em minha casa, há cinco minutos. Tinha o pensamento longe. Na verdade confesso que, ao pôr o papel na máquina, o primeiro que bati foi o título do que ia escrever. E era: "Recordação da Aldeia de Pavana". Ia falar de uma aldeia onde tive a revelação da primavera, na Itália; falaria das casas e do céu; mas no meio da escrita me esqueci, embora por baixo das palavras sobre a mulher e a flor eu sentisse confusamente respirar a aldeia. Escrevo em minha casa. Pois ouvi uma voz e cheguei à janela. Era uma jovem que passava para me dizer bom-dia; vai à praia. Entrou, sentou-se; tivemos uma rápida conversa banal. É moça, bela, simples; é mais conhecida que amiga. Temos uma espécie de amizade distraída, fraca, suave. Quando se foi, cheguei à janela, e acompanhei-a com os olhos até a esquina. Ela não sabia que estava sendo vista. Andava com seu passo natural, e não se voltou. Ia pensando suas coisas. Comoveu-me. Não sei por que seus saltos altos me comoveram, enquanto andava, e assim também o leve movimento de seus cabelos. Seria despropositado dizer-lhe a mínima palavra de ternura, hoje, amanhã, ou nunca. Não podemos recolher o brilho do lombo elástico de uma onda e fazer um discurso ao mar, acaso podemos? Quando subimos aquela capoeira estorricada, entre carvões e troncos, ao sol ardente, antes de pegar o caminho do outro lado do morro, paramos um instante sob uma árvore qualquer; e então uma brisa vinda dos morros passou em nossa cara suada. Temos um vago sentimento de bênção; a sombra, a leve mão da brisa. Mas seria absurdo dizer: muito obrigado. Na verdade, falamos muito pouco, embora, nos botequins, levemos horas a tagarelar. No fundo somos calados; para a ternura e para a ofensa. Como poderia dizer a essa moça que nos comoveu seu corpo de breves ancas andando sobre os saltos altos; ou que o leve movimento de seus cabelos castanhos nos fez bem?

Se estamos apaixonados, então temos o direito de dizer: escute, minha senhora, quando levantou os dois braços para arrumar os cabelos, duas bandeiras amigas acenaram por um céu distante, os coleiras-do-brejo ergueram vôo; a árvore meneou suas franças, e as nuvens se tornaram violetas. Lembramos confusamente cachoeiras se deixando cair com um ar fidalgo. A parte de dentro de seus braços é mais clara que a de fora, e isso, tão fácil de prever, nos comove como um segredo amigo; a senhora erguendo os braços com as mãos atrás da cabeça fica mais alta.

Isso, concidadãos, podemos dizer, se estamos apaixonados; mas mesmo isso escassamente dizemos. E ora não estamos apaixonados. Nossa comoção por essa moça é gratuita. O que sentimos por ela é uma espécie de gratidão. Não tínhamos pensado nisso; mas agora nos damos conta de que sua presença é um favor da vida: e quando encontramos numa esquina achamos que é uma gentileza da municipalidade para com nossa mesquinha, às vezes surdamente aflita pobre pessoa.

Tenho vontade de vos conclamar para uma grande manifestação pública, mas cada um onde estiver, no ônibus galopante, diante da mesa ou em casa ou na rua; deitado em sua cama, no chuveiro ou no trabalho. Uma grande manifestação de boa vontade e boa fé. Vamos fazer isso em silêncio, e depois não comentaremos. Vamos agradecer a brisa na cara suada; a mulher com luz nos olhos; o menino, a onda, o pássaro, o chão.

O bom chão; dormir no chão. Morrer, descansar no bom úmido chão, não mais imprudentes, não mais aflitos, não mais aflitos!

Maio, 1946.

Dia de Cachoeiro

Já que não vou eu, que sigam estas palavras. É no dia 29 a festa de Cachoeiro. Está visto que a maioria de meus leitores, que não nasceram em Cachoeiro de Itapemirim, não tem nada com isso. Que fazer? Só a uma pequena e seleta minoria de brasileiros foi permitido esse privilégio de nascer em Cachoeiro. Será boa a festa? Sábado haverá festa joanina do pessoal do morro de São João; domingo a Festa do Tilé, no Aquidabã; dia 27, a Hora da Saudade, e exposição de trabalhos no Centro Operário, com entrega de prêmios da Escola de Arte e Costura; entrega de medalha de ouro e prêmio a alunos do Colégio Muniz Freire;

inauguração do Posto de Puericultura, o calçamento de Baiminas, o Patronato Agrícola, inauguração da Exposição Regional de Pecuária, a Exposição Industrial e Agrícola do Município, exposição de desenhos dos artistas da cidade, edições especiais de revistas e livros, e os grandes bailes populares e de gala, jogos de futebol, churrasco na Ilha da Luz, coroação da Rainha de Beleza.

O programa inclui outras coisas, mas que interessa o programa? Podeis ir aos Caçadores ou à igreja. Mas o que na verdade interessa na Festa não são as conferências, nem os banquetes, nem as músicas, nem os fogos. O que interessa é o abraço do amigo que há muito não se vê; a doce e triste volta ao tempo antigo; a emoção de reconhecer traços perdidos do desenho de nossa velha alma. Ora, eu vos digo que a Rainha de Beleza é Helena Gonçalves e vós pensais: "Muito bem, Sr. Braga: Chama-se Helena Gonçalves a Rainha de Beleza. Com certeza é uma jovem bonita; em toda a parte há jovens bonitas e quando há um concurso de beleza é evidente que uma delas vence o concurso; que há nisso de especial?"

Assim direis vós, pobres ignorantes homens que não sois de Cachoeiro. E não sabeis quem é Helena Gonçalves. É uma menina de três anos, lourinha e gorducha, que revejo como a vi pela última vez, no colo de sua irmã, na praia.

— Mas, Sr. Braga, isso foi há muitos verões. O senhor não ia querer que a menina ficasse eternamente com três anos. Cresceu e se fez bela como as irmãs. Todas as moças bonitas já foram meninas, louras ou morenas, gorduchas ou magrinhas.

Não, vejo que não é possível conversar convosco, pobre gente estranha a Cachoeiro. Vossa ignorância é crassa, e não tendes sensibilidade. Achais natural que a menina cresça e seja Rainha de Beleza. Não sentis que nessa coisa natural está toda a tristeza e toda a força da vida que passa; está o milagre incessante sobre os velhos morros, numa nobre cidade; está a velha e emocionante lição das águas do Itapemirim cantando entre as pedras e as ilhas, embalando o coração de meu pai e o coração de meu filho, murmurando entre gerações a mesma cantiga simples de alegria distraída e tristeza vã. Ah, Cachoeiro de Itapemirim...

Julho, 1946.

Nomes

Vai ser construída uma ponte no bairro do Jacaré. Proponho um teste ao leitor inteligente: que nome deve ter essa ponte? Quem vai construí-la é a Prefeitura do Distrito Federal, a pedido dos moradores daquele futuroso logradouro. A ponte servirá ao povo de Jacaré. Se o leitor é realmente inteligente deve responder esta coisa simples, razoável, elementar, honrada: "se a ponte é no Jacaré, então deve se chamar Ponte do Jacaré". O leitor ganhou 50 pontos, e isso quer dizer espírito de lógica mais ou menos desenvolvido e inteligência mediana. Há uma resposta que dá direito a 100 pontos, e que demonstra grande inteligência, altas virtudes cívicas e perfeito conhecimento do país em que vive: se é a Prefeitura que vai fazer a ponte, a ponte deve ter o nome do prefeito. E esta é a verdade: o futuroso bairro do Jacaré será beneficiado pela "Ponte Ildebrando de Araújo Góis". Essa verdade já está sendo gravada em bronze, para memória dos póstumos, pois "já foi encomendada a uma fundição do bairro a confecção de uma placa em bronze", conforme está no jornal de onde tiro essa notícia.

Não conheço o Dr. Ildebrando de Araújo Góis e não posso informar se ele é mais feio ou mais bonito que um jacaré. Compreendo que ele não tenha nenhuma culpa, pois o nome da ponte foi escolhido "pela diretoria da Associação de Melhoramentos do Bairro do Jacaré, por unanimidade de seus membros". Sou um pobre homem, que mal dirijo meu modesto nariz, e jamais ascenderei a um cargo tão importante como o de membro da diretoria da Associação de Melhoramentos do Bairro do Jacaré. Mas o sonho é livre. Sonhemos. O Braga é diretor — segundo-secretário, por exemplo. O senhor presidente faz a proposta do nome, e há palmas. O Braga pede a palavra:

"Sr. Presidente, prezados colegas. Não quero tomar nesta reunião uma atitude de espírito de porco (murmúrios) mas desejo declarar que prefiro o nome de Ponte do Jacaré (exclamações de reprovação. Um aparte: 'cala a boca, burro'). Tenho o maior respeito e consideração pelo nosso idolatrado prefeito Sr. Ildebrando de Araújo Góis (aplausos; aparte: 'era o que faltava se não tivesse') mas acho que não devemos dar o seu nome à nossa ponte ('não apoiado'; gritos: 'você está querendo sabotar a construção da ponte'; voz do presidente: 'sem o nome a gente não arranja nem uma pinguela'; perguntas: 'por que é contra o nome?')."

Braga continua impávido, embora suado:

"Eu sou contra o nome pelo mesmo motivo pelo qual os senhores são a favor do nome: porque o Dr. Ildebrando de Araújo Góis é o atual prefeito do Distrito Federal e foi ele quem determinou a construção da ponte."

O orador não pôde continuar devido a violentas manifestações de indignação. Braga passa a ser considerado um mau elemento e a vergonha do povo de Jacaré, e é submetido a exame de sanidade mental.

Tudo isso é sonho. Mas apelo para o Sr. Ildebrando de Araújo Góis no sentido de não concordar com a súplica do povo de Jacaré e, em caso de insistência, não fazer o diabo da ponte. Já temos tanto nome assim — e existe até uma Fundação que pretende ser levada a sério com o nome de nosso prezado Vargas! Não aceite, Dr. Ildebrando. Não roube o nome ao inocente jacaré. Procure tornar o seu nome popular por estar ligado a sua própria pessoa, e faça de sua própria pessoa um melhoramento municipal, numa praça aberta para os reclamos do povo, uma avenida por onde esses milhares de meninos miseráveis e ignorantes do Rio marchem para uma vida melhor — um bulevar de esperanças e não um beco de vaidade e desenganos.

Junho, 1946.

Da Praia

Lembro que olhando pela porta do bar vimos a indecisa aurora que animava as ondas. Erguemo-nos, saímos. O oceano amanhecia como um poderoso trabalhador, a resmungar; ou como grande, vasta mulher, entre murmúrios; ou como árvore imensa num insensível espreguiçamento de ramos densos de folhas. No seio da imensa penumbra nascia um mundo de solidão perante nossos olhos cansados. Era um mundo puro, mas triste e sem fim; um grande mundo que assombrava e amargava o pobre homem perdido na praia. Agora todos haviam partido, eu estava só. Não tinha um amigo, nem mulher, nem casco de canoa, nem pedra na mão. A maneira mais primária e raivosa de comunicação com o mar é ter uma pedra na mão e lançá-la. É um desafio de criança ou de louco; é um apelo.

Para o homem solitário da praia o mar tem uma vida de espanto. Já nadei em uma praia solitária de mar aberto; tem um gosto de luta e de suicídio; dá uma espécie de raiva misturada com medo. Não apenas imaginamos que naquela praia selvagem grandes peixes vorazes devem se aproximar, e a cada instante julgamos pressentir o ataque de um tubarão; também sentimos, na força da onda que rompemos, uma estranha vida, como se estivéssemos lutando entre os músculos de um imenso animal.

Para o sul e para o norte a grande praia deserta; atrás, baixos morros selvagens e arenosos, num horizonte morto; e o mar sitiando tudo, acuando tudo, com seu tumulto e seus estrondos. Mais de uma vez vagabundei sozinho em canoa pelas costas desertas. Mas montado em canoa temos um domínio: jogamos um jogo com a água e o vento, e ganhamos. O homem só na praia, perante as ondas mais altas que ele, esse é de uma fraqueza patética. Pode desconhecer o mar e seguir caminhando em silêncio pela areia; se o faz, porém, sabe que está fugindo a um insistente desafio. Sua linha de movimento, ao longo da praia, com o mar bramindo a seu flanco, é uma perpendicular constrangedora às grandes linhas de ação da natureza. A espuma das ondas que lhe chega aos pés ou deles se aproxima, ora mais, ora menos, acuando-o de um lado, lembra-lhe que não deve andar em reta, mas se afastando e se abeirando do mar, para ter, nessas oblíquas, uma ilusão de que não se desloca fora do eixo da natureza. Só o vento, não soprando do seio da terra nem do centro do mar, mas empurrando-o pelas costas ou batendo-lhe a cara, pode restaurá-lo no ritmo do mundo. Empurrado pelo vento, ele está de bem com a natureza e se deixa levar, embora com um vago ressentimento. Contrariado pelo vento, ele põe em jogo seu instinto de luta, e sua marcha mais banal tem um secreto sabor heróico.

Assim anda o homem solitário na longa praia. Mas aqui a praia não é deserta. Atrás de nós estão os edifícios fechados, e a cidade que desperta penosamente. Parados entre a solidão do oceano e a solidão urbana, estamos entre o mundo puro e infinito de sempre e o mundo precário e quadriculado de todo dia. Este é o mundo que nos prende; estamos amarrados a ele pelos fios de mil telefones.

E ainda somos abençoados, porque vivemos nesta cidade perante o amplo mar. Quando nós, homens, erguemos uma cidade, quantas vezes somos desatentos e pueris! Há cidades entre montanhas, e são tristes; mais tristes são aquelas em que vegetamos no mesquinho plano sem fé, limitados a norte, sul, leste, oeste pelo mesmo frio cimento que erguemos. Se todas as esquinas são em ângulo reto, que esperança pode haver de clemência e doçura? Apenas o céu nos dá a curva maternal de que temos sede. Mas o homem, por natureza, pouco olha o céu; é um animal prisioneiro da grosseira força da gravidade: ela puxa nossos olhos para o plano, para o chão. Plantai a vossa povoação junto a um rio, e estareis perdoados; tendes o fluir melancólico das águas para levar as vossas canoas nas monções do sonho.

Mas deixemos o mar; entremos por esta rua. Estrondam bondes. A lenta maré humana começa a subir. Os açougues mostram a carne vermelha a uma luz cruel; as filas se mexem inquietas, sem avançar, velhas cobras de barriga vazia. Voltemos para casa, e sejamos humildes. O mundo é seco. Não mais sonhar em remover as povoações para a beira do mar oceano, nem abrir caminhos para a fuga da tristeza humana. Estamos outra vez quadriculados em nosso tédio municipal: a torneira não tem água. Ajoelhemos perante a torneira seca: e, embora sem lágrimas, choremos.

Junho, 1946.

História do Corrupião

CAPÍTULO I

Na calçada da Avenida, ao lado do Municipal, estava o vendedor de passarinho. Era de tarde e passava muita gente com pressa. Saindo do aperto quente e sujo de um lotação, parei um instante a ver o que era — um corrupião mansinho, que estava solto, no canto da calçada.

Mais dois ou três sujeitos pararam também um momento. Apareceu então um senhor de idade, bem vestido, com um chapéu de aba virada, e perguntou quanto era. O homem deu o preço, e o velho pediu para ver o pássaro.

O vendedor abaixou-se para apanhar o corrupião. Mas o passarinho saiu andando e dobrou a esquina que dá para os fundos do teatro. Várias vezes o homem se abaixou para pegá-lo, mas ele escapava com um pulinho ligeiro, e afinal se meteu embaixo de um automóvel parado. Eu não tinha lá muita pressa, e resolvi assistir à caçada. Parece que a maior parte das pessoas que passavam apressadamente também não tinha muita pressa: porque paravam e ficavam ali olhando.

Em pouco tínhamos formado o que o jornal de um partido contra os corrupiões chamaria de "um pequeno grupo", mas um órgão corrupionista diria ser "uma verdadeira multidão". Éramos, para usar ainda a linguagem dos jornais, pessoas pertencentes a todas as classes sociais, sem distinção de cor, credo, convicções filosóficas ou nacionalidade. A ornamentação do grupo estava a cargo de três jovens alunas de bailado do Municipal, principalmente uma de olhos verdes e corpo esgalgo que... Xô, mulher! Estou fazendo uma crônica sobre o corrupião.

Era lindo o bicho, com sua calma de passarinho manso. Andava para um lado e outro, embaixo de um automóvel, junto ao qual vários cidadãos se agachavam. Alguns desses cidadãos se limitavam a abanar a mão sobre o pára-lama para enxotar o corrupião. Um outro tentava assobiar como assobiam os corrupiões. Assobiou muito e seu exemplo foi imitado por um chofer de praça, que também se pôs a assobiar junto do pára-choque. Os assobios diziam:

"Vinde, vinde, ó lindo corrupião. Não nos conheceis? Somos dois corrupiões. Fiu, fiu. Há aqui um senhor bem trajado com sessenta anos presumíveis que deseja vos comprar. Talvez seja um homem que desde a mais remota infância sonhou em ter um corrupião, e passou a vida sentindo o quão miserável é um homem que jamais teve um amigo corrupião que coma em sua palma, cante em sua varanda e alegre os seus olhos e o seu incompreendido coração. Talvez na infância tenha tido um corrupião e agora deseje rever a sua alegria nos olhos do neto. Vinde, corrupião. Fiu, fiu."

Mas acho que podiam fazer fiu-fiu a tarde inteira sem resultado. Talvez o corrupião fosse nortista, estivesse mais acostumado a ser chamado de "sofrê". Ou ficasse perturbado pelo pequeno incidente que sobreveio, aliás sem maiores conseqüências, mas que todavia, por dever de ofício, passarei a contar. Um dos homens, ao se abaixar para espiar debaixo do automóvel, esticou uma perna para trás. Uma senhora gordalhufa, dessas de chapéu, embrulho e bolsa, que andam na rua com ar sério como se afinal de contas tivessem alguma coisa realmente mais importante ou mais linda para fazer do que ver um corrupião — foi castigada pelo deus dos passarinhos. Pois tendo querido abrir caminho no meio do grupo tropeçou na perna do homem e — tru-buc-tuc — abalroou de revés em outro sujeito, tirando-lhe da boca o cigarro, que soltou fagulhas; deixou cair os embrulhos e a bolsa, a qual bolsa, naturalmente farta de ser apertada e oprimida contra os enormes seios da senhora, tratou de se abrir no chão para tomar um pouco de ar, lançando no asfalto vários pequenos objetos. Não enumerarei os objetos para não cansar o leitor desta emocionante história. E o melhor talvez mesmo seja ficar por aqui hoje, convocando os interessados para voltar na próxima semana para assistir à continuação desse emocionante episódio desenrolado em nossa bela capital.

CAPÍTULO II

A gordalhufa senhora não caiu ao comprido, como seria mais belo. Agarrou-se às pernas, ou melhor, às perneiras de um cabo da Polícia Militar. Começou depois, ajudada por vários populares, a catar os objetos que haviam caído de sua bolsa, e cuja enumeração eu já disse que me recuso a fazer, pois além do mais considero isso impróprio de um cavalheiro. E confesso que sou um cavalheiro. Tanto assim que ajudei a mulher a se erguer, agarrando-lhe um gordo braço e puxando-o para cima com energia, mas sem apertá-lo demasiado nem aplicar nenhum pontapé na referida senhora, que bem o merecia por ter perturbado o sossego moral de um grupo de pessoas de bem que ajudava um pobre homem a reaver o seu corrupião.

O passarinho saiu de baixo de um automóvel, mas passou para baixo de outro automóvel sem que alguém conseguisse apanhá-lo. O vendedor dirigia-se a várias pessoas pedindo que fossem embora, pois aquele ajuntamento logo atrairia um guarda, e ele não tinha licença. Naturalmente o guarda exigiria que ele pagasse os impostos competentes e o prenderia em flagrante se sobre a cabecinha do corrupião não tivesse devidamente colado um selo de consumo de cor azul.

Ninguém atendeu ao apelo. Numerosas pessoas agacharam-se em volta do carro e continuaram a chamar o corrupião de várias maneiras, tais como maneira de chamar cachorro, estalando os dedos e assobiando, maneira de chamar gato, fazendo pchi-pchi-pchi, maneira de chamar galinha, fazendo prun-prun, maneira de chamar mulher, dizendo vem cá meu bem, etc. O senhor de idade que queria comprar o passarinho contemplava tudo enlevado.

Foi então que ouvimos estranhos guinchos como de um animal selvagem em estado de fúria; até o corrupião estremeçeu. Com triste surpresa vimos que se tratava da mulher. Estava possessa como um orangotango fêmea. Até então não dissera uma só palavra simplesmente por ter engasgado de raiva. Pensávamos que tivesse seguido seu caminho. Não; estava ali de pé, de posse de todos os seus pertences, e berrava:

— Socorro! Socorro Urgente! Ordem Política! Ordem Social! Polícia, Polícia, Polícia Especial.

Essas entidades compareceram imediatamente em carros silvando com desespero, com metralhadoras, motocicletas, porretes, sujeitos de cara feia, uns de mão no revólver, outros de revólver na mão. Ficaram todos perplexos, e alguém gritou:

— Comunistas!

Outro alguém berrou:

— Quinta-coluna! Nazi!

E uma voz mais forte anunciou:

— As mulheres nuas!

Os policiais ora formavam barreiras, ora davam tiros, ora ameaçavam, ora espancavam um cidadão qualquer que citava a Constituição da República, sem dizer exatamente qual delas.

— O alemão que insultou o Brasil!

— Cuspiu na bandeira!

— Foi japonês!

— Entraram ali as mulheres nuas!

A idéia de que em alguma parte havia mulheres nuas nos perturbou a todos. Invadimos dezoito lojas comerciais num perímetro de setecentos metros e íamos saqueando confusamente lápis, produtos farmacêuticos, orquídeas, ferramentas de marcenaria, artefatos de borracha, pequenas lâmpadas coloridas, fitas de cetim, dicionários de bolso, pastéis de camarão e tapetes de linóleo. Ah, deviam certamente ser lindas essas mulheres nuas que adejavam entre o asfalto e as sobrelojas em nossa tarde de tumulto e sangue, ascendiam suavemente no elevador aberto de um edifício em construção, sorrindo com meiguice para um mulato servente de pedreiro, ou escapavam de pernas estiradas, a suspirar com doçura dentro de um negro automóvel reluzente guiado por um eunuco, e estavam sempre em nossos olhos em plena beleza de nudez, mas apenas por um segundo invisíveis. Quando vieram dois caminhões do Exército chamados com urgência, e as ambulâncias, que badalavam lastimosamente, começaram a socorrer algumas pessoas atropeladas e a atropelar algumas outras — arrebentamos uma vitrine e recuamos atônitos. Uma das mulheres nuas — a loura de pele dourada — se fizera negra, erguera um braço e se imobilizara numa atitude propositalmente imbecil, disfarçando-se em manequim de anúncio de um chuveiro elétrico. A água caía sobre o seu reluzente corpo de massa. Oh...

— A outra? A outra!?

Era urgente encontrá-la ainda de carne, a morena esgalga, que todos sabiam lindíssima, principalmente quando nua. Avançamos de cabeça baixa, cantando desafinados o Hino Nacional através de tiroteios, rompemos cordões de isolamento, matamos diversos escoteiros, destruímos num café o grande espelho em cujo fundo parecia ter se refugiado a sua doce imagem, e galgamos de assalto um carro do Corpo de Bombeiros que viera para combater o incêndio que lavrava no coração da cidade, dentro de nossos peitos cheios de ânsia.

— Ei-la!

Olhamos. Miséria, desgraça, irrisão. Por que há de sempre o povo ser enganado, e batido, e perder? Choramos de raiva. Aquela também se transformara em uma estátua idiota numa postura ridícula, no meio de um canteiro em frente ao Teatro. A multidão começou a refluir em silêncio, evitando pisar em alguns cadáveres que estavam disseminados por aqueles logradouros públicos. Quando surgiu um caminhão da Marinha, umas pessoas ergueram vivas e outras bateram palmas, sem saber por que; talvez porque nós todos temos no fundo do coração um desejo de ser marinheiros, fugir para além do oceano, numa praia de coqueiros e amor livre; talvez porque, embora de armas embaladas, nenhum daqueles homens estivesse atirando contra nós, o que, afinal de contas, era uma gentileza da parte deles. Os ânimos pareciam ter serenado, quando sucederam os fatos que passarei a narrar na próxima semana, se os senhores tiverem paciência, conforme lhes peço.

CAPÍTULO III

Pedem-me para acabar de contar a história do corrupião, mas jamais o farei.

Uma vez que a multidão se desesperou, não ouvimos falar do pequeno pássaro manso. Dizem que voou e foi pousar, quem sabe, no ramo florido de um verso romântico de Vinicius de Moraes, e ali ficou se balançando no alto de um primeiro terceto.

Continuarei minha narrativa. No meio do povo surgiu a bela mulher que trazia uma rosa na mão e lhe dizia: "minha pequena irmã". Dizia isso muito séria, e com um tão delicado sentimento que ficamos extáticos.

Apareceu então o moço de cabelos revoltos que uns diziam ser um católico místico e fanático e outros diziam ser um moço perdido, e fosse o que fosse tinha uma voz forte e quente que se fez ouvir. Acusava a bela mulher:

— É esta a que debalde procuramos, arrebentando as portas da alucinação! É esta a mulher nua!

Embora sua voz fosse muito convincente, o fato é que a bela mulher estava visivelmente vestida. Umas pessoas riram, outras gritaram, algumas jogaram pedras no moço mas ele continuou:

— Sim, é a mulher nua. (Sua fronte sangrava de uma pedrada, o que lhe ficava muito bem.) Vede-a, concidadãos. Contemplai-a em sua esplêndida e fatal nudez. Vede como é divina de beleza, milímetro por milímetro.

Um cidadão de meia-idade, que usava óculos, interveio com uma voz firme e completamente calma:

— O cavalheiro está equivocado, lamento dizê-lo. Aquela senhora está vestida. O cavalheiro parece que enxerga mal, ou talvez não tenha prática suficiente nesse delicado assunto. Já tive oportunidade, modéstia à parte, de ver diversas mulheres nuas, e posso informar com segurança que essa nossa distinta patrícia acha-se vestida.

E voltando-se para a grande multidão:

— Eis o que tinha a declarar.

Ouviram-se algumas palmas; alguém murmurou que se tratava de um redator do *Jornal do Brasil* que já foi membro do Conselho Deliberativo da ABI, mas houve quem opinasse se tratar de um antigo funcionário da Alfândega. (O leitor me perdoará se não identifico perfeitamente os personagens desta história, pois estando no meio da multidão nem sempre consegui obter dados precisos. A senhora que tropeçou e caiu no primeiro capítulo e se ergueu no segundo consta que se chamava Dona Penhoca, e uma das jovens bailarinas tem o lindo nome de Zizita; consegui mesmo, num esforço meritório de reportagem, obter o seu número de telefone, mas não desejo sobrecarregar o leitor com detalhes.)

Conforme íamos dizendo, ouviram-se palmas depois das palavras do senhor de óculos. É estranho, porém, que essas palmas não fossem muito entusiásticas; e talvez fosse possível perceber no meio delas vagos murmúrios de desaprovação.

A voz do moço:

— Fiscal, burguês, filisteu, ou quem quer que sejais — tendes olhos e óculos na cara e não vedes! Vós porém, ó povo pobre de Deus, e vós, ó mocidade das Academias, erguei, erguei os olhos. Vede-a! Está nua. A blusa e o cinto e a saia de leve azul não podem nos enganar. Isso é apenas um disfarce. Ela está nua. Se duvidais, eu vos dou a prova desta verdade profunda! (Pausa; silêncio profundamente emocionado no seio da massa.) Tirai-lhe essas leves roupas e vereis como está nua, completamente nua!

Ao meu lado um senhor calvo bateu com a cabeça e disse:

— Esse moço tem pensamentos profundos.

Disse isso alto; dois rapazes que o ouviram, e que até então pareciam meio incrédulos, aprovaram essa observação com um súbito entusiasmo; sem dúvida se sentiam satisfeitos pelo fato de compreender e partilhar de um pensamento profundo; pois assim são os moços.

— Um momento! (A voz do homem de óculos estava agora um pouco trêmula, e sua cara quadrangular bastante pálida.) Um momento! Eu apelo para o bom senso de meus concidadãos...

Uma chuva de pedras cortou-lhe a palavra; alguém lhe passou uma rasteira; seus óculos voaram. Um pequeno grupo de fanáticos atacou-o com tal fúria que lhe rasgou as roupas, e ele mal conseguiu fugir em cuecas, correndo às tontas devido à falta dos óculos. E estava tão ridículo nessa fuga (usava botinas pretas, meias pretas e ligas vermelhas, nas pernas cabeludas), que ficou patente que ele não tinha razão e era um reles agente provocador. O fato é que a polícia começou a atirar de vários pontos, para restabelecer a calma. A multidão fluía e refluía para um lado e outro como um cardume de sardinhas assustado. Começou então a correr o boato de que havia fila em uma padaria do Largo da Carioca. A mulher da rosa esvanecera-se. Quando conseguimos atingir o Largo da Carioca os boatos se multiplicavam e havia uma fila tão grande que várias pessoas de espírito de iniciativa resolveram formar outras menores, que logo começaram a crescer vertiginosamente. Falava-se secretamente não só em pão como em leite, carne, açúcar e manteiga; havia pobres mulatas do morro com latas de banha na cabeça, fazendo pensar que se tratava de fila de água; sujeitos com vespertinos na mão sugerindo filas de ônibus; mulheres com crianças no colo que acreditavam estar metidas numa fila para apanhar cartão para poder entrar na fila da distribuição dos presentes de Natal no Palácio Guanabara; homens ácidos de filas de pagamento de imposto no último dia improrrogável sem multa. O moço de cabelos revoltos começou a fazer um discurso, mas ninguém lhe deu importância.

Da Praça da República até o Passeio Público e da Praça Tiradentes até o Cais Pharoux as filas se alongavam, se enroscavam, cruzando-se e espremendo-se de tal modo que os guardas enérgicos porém nem sempre atenciosos desistiram de esclarecer a situação, e cada um entrou na fila que lhe ficava mais próxima, e que talvez fosse da sessão das 8 do dia seguinte do Metro Tijuca.

Quando surgiu a lua, embora houvesse muitos milhares de automóveis, ônibus e caminhões paralisados buzinando de maneira ensurdecedora, algumas pessoas começaram a cantar o *Luar do Sertão*. Era talvez gente que acreditava estar na fila para ver o corpo de Catulo da Paixão Cearense, embora talvez estivesse caminhando, à razão de cinqüenta centímetros por hora, para a bilheteria das gerais do ansiado Fla-Flu. O fato é que toda a multidão começou a cantar o *Luar do Sertão*, alguns motoristas que insistiram em buzinar foram silenciosamente esganados até a morte; e com tanta emoção cantava o povo que muitas vozes românticas pediram que se apagassem as luzes para que o luar ficasse mais lindo.

Um soldado ergueu sua metralhadora de mão e rebentou, com uma curta rajada, duas lâmpadas. Toda a tropa começou então a fazer o mesmo, e muitas pessoas choravam de emoção dizendo que aquilo provava que os soldados são amigos do povo; pois são, eles também, filhos do povo, e tão brasileiros como nós.

Quando todas as luzes se apagaram, aconteceu que a lua entrou atrás de uma grossa nuvem e ficamos em completa escuridão; de maneira que, não enxergando mais nada, não posso descrever os fatos que se sucederam, pois sou um repórter consciencioso e não desejo transmitir ao leitor informações menos corretas.

A verdade é que me lembrei de que sou um pai de família e tenho deveres não só com o povo como também e especialmente com os meus; e fui para casa a pé. Levei muito tempo para chegar, mas ainda cheguei a tempo, pois só dez minutos depois parou à minha porta o misterioso caminhão. Hesito em contar essa história, que a muitos parecerá fantástica; de qualquer modo não a contarei hoje, pois me sinto um pouco fatigado.

Junho, 1946.

História do Caminhão

CAPÍTULO I

Quando parou à minha porta o enorme caminhão fechado, com soldados de fuzil na mão, e um deles me perguntou: "é aqui?" — eu suspirei e disse que sim.

Já fui preso várias vezes; não há de ser por mais uma que perderei minha natural dignidade. Tratei de apanhar a escova de dentes, a pequena, frívola e patética escova de dentes que anda sempre na bolsa das senhoras desonestas e no bolso dos políticos perseguidos. E dispondo também de dois maços de cigarro, esperei impávido, embora chateado. Só então notei que o caminhão era do Ministério da Fazenda.

Funcionários desembarcavam fardos, e começaram a colocá-los na saleta da frente. Isso não me agradou. Indiquei-lhes a entrada de serviço e ordenei que colocassem os fardos no quartinho da empregada. É, com vergonha o digo, um quartinho minúsculo onde uma pessoa não pode respirar com muita força que esgota completamente o ar. Em pouco tempo ele estava literalmente cheio de pacotes.

Um suboficial aproximou-se de mim respeitosamente:

— Está entregue?

Respondi secamente:

— Pode retirar-se:

O caminhão partiu. Voltei então ao livro que começara a ler, e que era um desses romances introspectivos tão profundos que a gente dorme e cai num estado de catalepsia; de maneira que esqueci o incidente. Só pela noite, tendo chegado de uma fila onde se metera de madrugada, a empregada reclamou, e veio me tomar satisfações como costumam fazer as empregadas modernas.

Respondi-lhe que aquilo devia ser alguma idéia de minha mulher, que de vez em quando tem uma. Não desejo criticá-la; é uma senhora que tem seus encantos, mas depois de 25 anos de casado estou imunizado contra qualquer crise de desespero. Se me aparecer em casa, embrulhado em papel colorido, um faquir vivo com uma trombeta na mão e uma lagartixa pendurada em cada orelha pela cauda, eu o recebo de boa cara, pois imagino que deve ser alguma idéia de minha mulher e ela sem falta me provará que aquilo é excelente para espantar o homem que vem cobrar a prestação do sofá; que, com o dinheiro assim economizado, poderemos comprar quem sabe uma piteira de marfim, igual àquela que lhe presenteei quando éramos noivos e que ela perdeu num piquenique. Ela é assim, minha mulher, prática e romântica; acostumei-me; e, afinal de contas, não tenho outra.

* * *

Quando descobri que os fardos continham notas de mil cruzeiros, logo percebi que houvera um engano. Que fazer? O governo anda confuso com muitos problemas e, sempre que não sabe o que fazer, faz dinheiro, o que afinal de contas é uma coisa de que todo mundo gosta. Os oposicionistas sistemáticos ficam irritados e passam a metade do dia falando em inflação, dizendo que há dinheiro demais; e a outra metade do dia passam cavando o dinheiro, com certeza porque acham que é de menos o que possuem.

Pensei em procurar o ministro da Fazenda e contar-lhe a história; mas com toda certeza o ministro não me receberia porque os ministros estão sempre muito ocupados em receber pessoas e por causa disso jamais recebem quem quer que seja. A mulher, chegando em casa, opinou que o melhor era eu ir à polícia; mas não creio que fique bem a um homem honrado ir à polícia por causa de negócios de dinheiro.

Acabei, enfim, me conformando com o fato. "Pobre sim, honrado nunca" — dizia meu padrinho, que tinha esse lema e graças a ele morreu rico e foi enterrado com as maiores honrarias, com direito a prefeito e bispo. Lembrei-me disso, e também de que meu lar é humilde, como a maior parte dos lares do Brasil, e desde que casamos minha mulher está sempre querendo comprar umas coisas que jamais compramos. Nunca o fizemos por falta de dinheiro — pois digam o que disserem sobre inflação, em minha casa sempre reinou uma grande deflação. Só os sonhos inflavam dentro de nós; mas ultimamente, para falar a verdade, até eles andavam murchos. Sonhar cansa, como qualquer outra coisa; e com a velhice nós, os pobres, já que não podemos economizar dinheiro, passamos a economizar ambições.

Já que eu estava com dinheiro, o papel era comprar coisas. Coisas boas, tudo artigo estrangeiro, coisas de metal, luzidias, práticas, elegantes, elétricas, tipo de após-guerra.

Lembrei-me do tempo em que eu passava os domingos a ler o *Jornal do Brasil* e a vontade que tinha de fazer mil e um negócios ali anunciados. Resolvi esperar até o domingo e comprar o jornal nesse dia em que ele está pululando de ofertas maravilhosas. Foi o que fiz; esperei o domingo. O leitor tenha um pouco de paciência e espere também o próximo domingo para se embasbacar com o desenvolvimento desta agradável história.

CAPÍTULO II

Conforme disse, me vi cheio de dinheiro, que o Ministério da Fazenda me mandou levar em casa em um caminhão. Se o leitor espera que eu explique como e por que o governo me mandou esse dinheiro, perde seu tempo; houve murmúrios segundo os quais houvera um engano de endereço, e as notas se destinariam a um cavalheiro que iria financiar a safra de amendoim e a candidatura de Brederodes. Creio que fizeram mais dinheiro para ele, evitando assim o escândalo e o trabalho de passar sobre o meu cadáver para reaver o que me haviam entregue.

O fato é que, tendo adquirido o *Jornal do Brasil* de domingo, comecei a anotar alguns anúncios, e na segunda-feira me pus a empregar o capital. Comprei inicialmente dois galos de prata e uma caricatura artística de Rui Barbosa, em bronze, uma arca de jacarandá, uma colcha de vicunha e uma grande peça de renda do Norte com labirinto; tudo velhas aspirações. A seguir adquiri um rádio, pegando o mundo inteiro, "inclusive Portugal", uma arara vermelha e azul, um "macaco barrigudo, macho, delicado e manso" e "uma linda canarinha pronta para juntar", segundo rezava o anúncio, e se lia em seus olhos cheios de ansiedade romântica.

Contratei, também, uma senhora moça que se oferecia "de boa apresentação, desembaraçada, falando idiomas". Quando estou aborrecido, mando colocá-la numa poltrona a um canto da sala, e dizer várias coisas em inglês, francês e alemão, com todo o desembaraço. Jamais me preocupei em saber o que ela diz, mas suponho que sejam coisas agradáveis. Como ela às vezes fala um pouco alto, nós vamos para outra sala e fechamos a porta, deixando-lhe ordem de falar durante meia hora. Aquela voz de mulher falando em línguas importantes dá um certo tom distinto ao nosso lar.

Um anúncio extremamente tentador me levou a comprar um motor trifásico. Achei bom ter um motor trifásico. Às vezes mando ligá-lo para obrigar a senhora desembaraçada a falar ainda um pouco mais alto. O ruído do motor trifásico combinado com a voz da senhora parece que excita a canarinha, que se põe a cantar.

Como o macaco barrigudo, apesar de ser realmente manso e delicado, me parecia um pouco triste, comprei um lustre com pingente de Versalhes, por 12 contos, verdadeira pechincha; ele agora está mais contente, e também gosta muito de brincar com os galos de prata e a renda de labirinto.

Depois de um certo tempo notei que a senhora moça de fina educação, boa apresentação e desembaraçada parecia estar ficando, por sua vez, um pouco triste, e se punha horas na janela olhando o mar. Chegou até a murmurar coisas em português, o que me desgostou. Português nós todos falamos aqui em casa, principalmente minha mulher. Sempre tive vontade de comprar um binóculo de marinha, para umas navegações que pensei em fazer na juventude. Comprei um, excelente, e o dei de presente à senhora, para que olhe o mar com mais eficiência. Ela me agradeceu com um sorriso e teve a bondade de murmurar algumas palavras, creio que em baixo-alemão. Gostei tanto que mandei que repetisse aquilo durante o jantar, de dois em dois minutos. Cada vez que ela o fazia, minha mulher ficava um instante de garfo no ar, os olhos sonhadores, e demonstrava uma grande admiração — ela, que a princípio implicava com a boa senhora, talvez por causa de sua boa apresentação, e de seu desembaraço.

— Como fala bem essa língua! — comentava minha mulher. — Deve ser ótimo falar em língua estrangeira! É tão bonito! As pessoas não entendem, mas é realmente muito bonito. Fale um pouquinho mais, sim?

Mandamos colocar lá fora uma placa avisando que em nossa casa *on parle habla spricht spoke*, e não sei mais o que vários idiomas. Nossa vizinha criticou muito isso, mas está morrendo de inveja, pois tudo o que se ouve em sua casa é português, e assim mesmo com um sotaque paraibano que é uma tristeza.

Diariamente continuo a comprar coisas, tais como um acordeom com 80 baixos e um contrabaixo de 4 cordas. Sempre tive vontade de tocar um desses instrumentos, mas tenho o ouvido péssimo e jamais consegui aprender nada de música. Quando eu era pobre me conformava com isso. Agora toco o acordeom e o contrabaixo à vontade, e com toda força. Minha mulher a princípio pareceu ficar meio irritada; ela também passou a vida humilhada por não saber tocar coisa alguma. Fiz-lhe uma delicada surpresa, adquirindo um piano de cauda Pleyel, em segunda mão, mas em perfeito estado, por 17 contos. À tarde, depois do jantar, ela martela o piano e eu dou duro no contrabaixo; a arara grita esporadicamente, o macaco se mete dentro da arca de jacarandá e a caricatura artística em bronze de Rui Barbosa faz uma cara de quem está estourando de dor de cabeça. Mas é um bom exercício, e nos lava a alma, e à noite dormimos muito melhor.

Minha mulher, que é muito piedosa, disse há tempos que eu devia gastar algum dinheiro em obras de benemerência. Achei que ela estava com razão, pois sempre tive ligeiras tendências marxistas, e acho que os ricos devem ficar um pouco menos ricos para que os pobres fiquem um pouco menos pobres, aliás, sem exagero. Assim sendo, e como o governo houvesse fechado os cassinos, fundei a "Sociedade Protetora das Girls". Comecei protegendo duas, e tudo corria muito bem quando minha mulher sugeriu, com certa violência, que era melhor aplicar a verba em menores abandonados. Argumentei que uma das *girls* era menor, e a outra, se não o era, o fora muito recentemente; e ambas estavam abandonadas; e quem sabe, meu Deus, o que lhes poderia acontecer lançadas ao abandono com aqueles corpos tão lindos e aquelas almas tão frágeis — mas tão frágeis!

Que o quê: minha "Sociedade Protetora" teve de ser fechada. Agora só funciona na ilegalidade; pois mesmo em segredo gosto de praticar a caridade, o que aliás penso que tem mais merecimento; e como é bom!

Aqui, para tristeza do leitor, encerro esta magnífica história, e se pensam que vou contar outra, muito se enganam, pois agora tenho mais o que fazer — e o tempo já me é pouco para fazer o Bem.

Julho, 1946.

Choro

Acontece em toda a parte; mas no Rio tem um certo jeito de acontecer que me emociona mais. Em qualquer canto do Brasil a gente vai passando e ouve de repente uma viola. Mas aqui, nesta cidade aflita, num dia em que não há fósforo nem café; quando uma população irritada reflui penosamente para suas casas; e os problemas urbanos crônicos se fazem agudos; e os prazeres são cada dia mais caros e precários — aqui, nesta cidade castigada pela cobiça e pela corrupção — aqui uma coisa assim acontece como flor pura, flor simples, nascendo linda, comovente de beleza, inesperada, num quintal de problemas.

Eram todos negros: uma viola, um clarinete, um pandeiro e uma cabaça. Juntaram-se na varandinha de uma casa abandonada e ali ficaram chorando valsas, repinicando sambas. E a gente veio se ajuntando, calada, ouvindo. Alguém mandou no botequim da esquina trazer cerveja e cachaça. E em pé na calçada, ou sentados no chão da varanda, ou nos canteiros do jardinzinho, todos ficamos em silêncio ouvindo os negros.

Tinha um preto da Marinha de Guerra; tinha um pescador, um pedreiro e um preto indeterminado, de colete, sem paletó e com um chapéu de lebre, muito sério, que era o da viola. Não bebiam muito; e tocavam muito graves e atentos, como num rito especial.

Os que ouviam não batiam palmas nem pediam música nenhuma; ficavam simplesmente bebendo em silêncio aquele choro, o floreio do clarinete, o repinicado vivo e triste da viola, o chacoalhar da cabaça cercada de contas nas mãos espertas, e o discreto pandeiro que só de raro em raro rufava mais alto, impondo seu ritmo firme sobre a linha mole da melodia.

São momentos à-toa; mas como valem. Nem essas discussões tão irritadas e ridículas sobre a bomba atômica transformada — santo Deus! — em tema de futriquinha da política brasileira, nem a Comissão Central de Preços, nada existe mais. Só essa música que nos arrasta e prende, nos dá alegria e tristeza, nos leva a outras noites de emoções — e grátis. Ainda há boas coisas grátis, nesta cidade de coisas tão caras e de tanta falta de coisas. Grátis — um favor dos negros.

Alma grátis, poesia grátis, duas horas de felicidade grátis — sim, só da gente do povo podemos esperar uma coisa assim nesta cidade de ganância e de injustiça. Só o pobre tem tanta riqueza para dar de graça.

Agosto, 1946.

Os Fícus do Senhor

É uma crônica de 1943 e não é tão inédita que não tenha sido publicada em duas revistas. Mas ambas circulavam quase às ocultas e foram fechadas logo depois pelo governo. A crônica pode ser má, e creio mesmo que está mal escrita, de um modo diferente do meu modo costumeiro de escrever mal. Mas naqueles tempos já era uma grande coisa quando se conseguia escrever alguma coisa que não fosse louvaminhas ao Senhor; e quando se escrevia era ao mesmo tempo com raiva e contensão, duas circunstâncias que atrapalham qualquer estilo, e ainda mais o meu, que se atrapalha à toa. Talvez por isso mesmo reli com uma espécie de carinho e resolvi publicar outra vez.

Ninguém pode amar mais do que eu esta cidade do Rio de Janeiro. Ó grande beleza de cidade, ó cidade que é vinte, trinta, quarenta cidades imprevistas, uma infiltrada na outra, esta mais colonial que Ouro Preto, aquela mais nova que Goiânia, uma de alta montanha, uma de oeste de Minas, uma toda de praia, outra de casarões de arvoredo — ó ruas estranguladas entre mares e morros, recantos e esplanadas, cartões-postais baratos e segredos de esquinas sutis, avenidas afogadas em sol e ladeiras de húmus esquecidos — cidade de minhas tantas agonias e felicidades, palcos de velhas inquietações, canais de silenciosa aventura, blocos de cimento que me esmagaram, praças de humilhações, arrabaldes de exaltações líricas — minha medíocre história anda escrita em tuas ruas e nenhuma entre as cidades é mais formosa do que tu, nem sabe mais coisas de mim.

Entretanto muitas coisas em ti me aborrecem de maneira quase dolorosa — e nada em ti e em outra cidade me aborrece tanto quanto a humilhação dos fícus.

* * *

A cretinice é uma árvore chamada fícus. Um jardineiro sádico, de instintos miseráveis — um jardineiro que era bem, na sua crueldade e mesquinhez, o perfeito rei dos animais —, inventou a degradação do fícus. Eis uma árvore. Se a deixais crescer, ela cresce. Não vos pede ajuda — quer apenas a terra, a água, o ar — e vai crescendo. E o tronco se projeta alto e grosso da base de um encordoamento enérgico de raízes encravada no chão, e os galhos partem oblíquos, e vão lançando ramas, e eis uma árvore nobre entre as mais nobres, grande, bela e poderosa.

Mas o fícus é apenas um arbusto — e o mesquinho rei dos animais e dos vegetais tem uma tesoura na mão. Esse arbusto jamais será uma bela árvore. Ide à Praça Paris, olhai o jardim, e tremereis de vergonha. Ali não há árvores. Há cubos, há caras de cão, pirâmides, paralelepípedos, poltronas, esferas; se quiserdes haverá telefones, sopeiras, cilindros, qualquer bicho e qualquer objeto, escarradeiras ou focas — tudo o que quiserdes. Basta ter a mão uma tesoura — e saber.

* * *

Escrevendo outro dia a um velho amigo me ocorreu lembrar que os animais se domesticam facilmente com um chicote na mão direita e um torrão de açúcar na esquerda. Os vegetais querem tesoura e estrume. O homem é o rei da Criação.

* * *

Entre os homens às vezes há reis. E quando é Rei de fato — eia, eis, alalá, heil, banzai! —, quando é rei de fato com ou sem essas exclamações, ele monta a sua máquina de mandar. São máquinas monstros de mil compartimentos complexos — masmorras e picadeiros, com aparelhos de metralhadoras, microfones, casas de moedas e medalhas, jornais, uniformes, bandeiras, talentos, alicates de arrancar unhas e técnicos em festinhas escolares, foguetes, benemerências — se a quisésseis conhecer, toda essa engrenagem de aço e sentimentos, de ouro e vaidades, de bem-aventuranças fáceis e torturas facílimas, haveríeis de gastar uma vida, e não conseguiríeis. Não é preciso. Afinal, tudo é simples, tudo é chicote e torrão de açúcar, tudo é tesoura e estrume.

* * *

Para uns é preciso que o chicote entre na carne, para outros basta que sibile no ar — para muitos basta que o chicote exista. Uns se jogam de quatro para lamber farelos de açúcar preto, outros recebem com ares de dignidade alvos tabletes refinadíssimos, uns se limitam a ficar mansos, outros aprendem proezas e dão espetáculos graciosos. E a degradação humana sob o fascismo ora é brutal, ora é sutil — e se abre um estranho picadeiro de feras avacalhadas sob o mesmo círculo de assistência que se bestifica e bate palmas porque até o silêncio é um crime — e a floresta magnífica dos homens se muda em praça paris com sofás de fícus e caixas de pó-de-arroz de fícus, guarda-chuva de fícus, toda uma alucinação idiota de formas obedientes e escravas — de fícus.

Cortai a tesoura e serrote as folhas e palmas de uma palmeira, cravai-lhe no tronco o machado — ela não vira borboleta, nem vaso, é uma palmeira que morre, uma coluna partida, pois a árvore mutilada guarda a sua dignidade de árvore. Sob qualquer fascismo há homens assim. E há outros que não são altos e fidalgos como esses mas na sua medíocre existência também resistem às humilhações com um obscuro instinto da luz e da altura e em cada ramo decepado a seiva incorruptível lança na mesma direção um renovo obstinado que a tesoura há de cortar outra vez. A tirania do jardineiro os mutila, eles não têm meio de reagir, são despojados de tudo menos a riqueza do cerne. Há os que se adaptam mas não se acostumam, se submetem mas não se servilizam, os vencidos jamais convencidos. E há os fícus.

Os que poderiam ser gigantes, e gostariam de ser gigantes e sentem com amargura e revolta o primeiro corte da tesoura. Mas o tempo passa, a vida é curta e a tesoura é certa. Então o desgraçado já não espera a tesoura. Ele mesmo fica sendo sua própria tesoura. Não é mais necessário que o oprimam de fora, ele já se espreme por dentro e distribui a seiva para os galhos em curvas e todo se modela em forma de poltrona para o perfeito conforto do assento do Rei.

Que as forças mais profundas da terra se revelem numa espantosa arrebentação, num terremoto de raízes revoltadas, e a floresta dos homens se embebede com os uivos do vento e as águas da tempestade, e se contorça e se enfureça num bracejar medonho de galhos subitamente libertados e caia por terra, pisado e esmagado, o rei da tesoura e do estrume, do chicote e do torrão de açúcar. Não adianta. Aquele fícus já viveu demais — e silenciosamente, no recesso da floresta, ele continuará a alisar e proteger, numa luxúria de ramos curvos e folhagem macia, a imaginária bunda do Senhor.

Agosto, 1946.

Aventura em Casablanca

Cheguei pelas 9da manhã, e como saíra de Roma na véspera à tardinha, em um duro avião militar, e no aeroporto resolveram me crivar de vacinas, e eu estava magro, nervoso, cansado, a mão direita numa tipóia, e ainda por cima um oficial me informou que eu com aquela prioridade poderia ficar mofando dias e dias ali, e outro oficial insistia em que eu deveria ficar hospedado no próprio aeroporto, ao que lhe respondi que jamais, e outro oficial tentou mostrar-me o regulamento ou não sei que instruções que eu nunca leria, nem que o Comando Supremo o exigisse com um ultimato à minha pessoa — aconteceu que, quando um sargento, um simples, um genial sargento americano simpatizou com minha cara barbada, meu mau humor e dois ou três palavrões que eu proferia com o ar de quem não teme em absoluto ser fuzilado, antes estaria disposto a considerar isso uma especial fineza — contra os regulamentos, os aeroportos, a guerra e Nossa Senhora mãe de Deus — e me arranjou um papelzinho carimbado e um jipe que me permitiram ir para o hotel, visto que eu declarara terminantemente que não compreendia coisa alguma do que me diziam e apenas quando o citado sargento perguntou afinal o que é que eu queria, eu respondi que eu queria ir para o Brasil, e então ele riu muito, disse por sua vez dois palavrões cordiais e me mandou para um hotel — ah, se o leitor se cansou de um período tão comprido, imagine como estava eu cansado, não de ler, mas de viver e sofrer todo esse período que durou seguramente 2 horas, pois só depois das 11 cheguei ao hotel.

Consegui um banho; e me joguei na cama porque há mais de 24 horas não dormia. Mas uma hora depois ouvi um rumor e acordei, como é de meu costume, assustado; mais, porém, do que o costume: em minha frente estava um árabe todo coberto de seus panos brancos e com uma barba preta de árabe falso que faz papel de bandido em filme imperialista. Aquele assassino disfarçado me falava em francês, e me chamava de *lieutenant*, e o que era pior, *Lieutenant* Davis. Respondi-lhe que *je ne suis pas lieutenant, get out, voglio dormire*, que porcaria, e o miserável bateu em retirada, convencido de que mesmo com o punhal que certamente trazia oculto sob as vestes, não lhe seria fácil enfrentar um poliglota tão violento quanto eu. Mas, tendo acordado, senti vontade de sair. Passei uma água na cara, meti as botas e meu uniforme que era um misto de dois ou três uniformes brasileiros e americanos — e desci.

Na portaria fui avisado de que devia levar um papelzinho para comer num restaurante e devia telefonar sistematicamente às 8 da noite e às 5 da madrugada, caso dormisse fora, para ver se havia avião para mim, e se eu perdesse um avião, iria para o fim de uma fila que só se esgotaria uma semana depois, talvez mais.

Andei pela cidade, barbeei-me, fiz umas compras pitorescas para minha encantadora esposa, fui assaltado por moleques mendigos, vi negros de *shorts* e barrete vermelho, mulheres de que a gente só vê os olhos, magazines e mafuás, encontrei até um português chamado Teixeira, que me deteve na rua para dizer que era português, com o que, segundo lhe informei com um certo exagero, me deu um imenso prazer; e a rua principal parece com Bolonha, se Bolonha fosse branca e limpa. Foi ali que subitamente duas senhoras me deram o braço e me convidaram para beber. Creio que não era a primeira vez que tinham essa luminosa idéia aquele dia, porque estavam meio alegres. Uma era bonita e a outra era dessas que a gente diz que enfim há piores; eu tinha dinheiro no bolso e achei a idéia boa.

Levaram-me para um boteco com ingênuas pinturas murais, e começamos com muitos conhaques e apresentações. Uma era francesa, outra árabe afrancesada; e pareciam encantadas pelo fato de eu ser brasileiro. Contei-lhes que nasci, modéstia à parte, em Cachoeiro de Itapemirim, e elas ficaram, ao que parece, tão impressionadas, que mandaram vir mais conhaque.

Falo francês como quem cospe pedras, e além do mais estava terrivelmente cansado com meses de luta para falar italiano e inglês; de maneira que tomei o partido de falar pouco, beber muito e exprimir os tradicionais laços de amizade que ligam Cachoeiro de Itapemirim a Casablanca passando a mão pelos cabelos das damas; que eram castanhos. Assim entardecemos no boteco, e uma delas cantava. A certa altura, convidei um sargento americano para tomar alguma coisa, e ele acabou baldeando a tal que há piores para beber no balcão. Foi então que meus olhos bateram na lista de preços, que estava pregada na parede, suspensa sobre nossas cabeças como a espada de Dâmocles, como diria um bêbado de certo nível cultural. Fiz um violento esforço cerebral para transpor os francos para dólares, dólares para liras e afinal liras para mil-réis; tentei mesmo chegar até cruzeiros, mas a essa altura já estava exausto. Cada gota de conhaque custava uma pequena fortuna, e calculei que estava às beiras da falência. Fiz outra vez o cálculo traduzindo diretamente os francos para as liras e as liras para o mil-réis, para ver se assim saía mais barato. Mas deu mais ou menos no mesmo, e eu ainda não terminara o cálculo quando surgiu na mesa uma garrafa de champanhe, o que me fez berrar imediatamente pela conta.

Aqui começa, meus senhores, o mistério de Casablanca. Contarei o resto domingo que vem. Faço questão, porém, de esclarecer desde logo que a história que Joel Silveira andou contando por aí sobre Ingrid Bergman e mim é inexata. Mas explicarei tudo no outro domingo, se os amigos tiverem um pouco de paciência.

FIM DA AVENTURA EM CASABLANCA

Muitos leitores me dizem que estão indignados com esse negócio de eu começar uma história num domingo e não acabar. Consolem-se comigo, que também me aborreço muito. Hoje, por exemplo, devo acabar de contar minhas aventuras em Casablanca. Ora, quando eu comecei aquilo, estava convencido de que era uma boa história. Hoje, relendo a primeira parte, fiquei com sono e desanimado; e quando penso que devo fazer a segunda, francamente, sinto náuseas.

Afinal, o leitor nada tem a ver com o que me aconteceu em Casablanca. E não me perguntou nada. Eu é que me meti a contar a história. Se tivesse contado de uma só vez, vá lá. Mas neste momento estou na posição de uma pessoa que começa a contar uma anedota e é interrompida; e quando pretende continuar se dá conta, subitamente, que a anedota não tem nenhuma graça nem interesse, ou, o que é lamentável, ele se esqueceu do fim. Está visto que não me esqueci do fim de minhas aventuras em Casablanca. Mas só agora percebo que fiz uma horrível imprudência; porque, francamente, não me é possível contar a história tal como aconteceu. Como acontece em muitas histórias, a parte mais interessante é de caráter confidencial; seria da maior inconveniência que eu a contasse em público. Mesmo em particular, quando sou interrogado, guardo um pesado silêncio, ou digo qualquer mentira que me ocorre, pois além de ser um homem responsável perante minha Pátria, Deus e minha Família, sou um perfeito cavalheiro, e um perfeito cavalheiro deve saber guardar perfeito silêncio em circunstâncias como essas. Fosse apenas o meu nome que estivesse em jogo, vá lá; eu talvez não hesitasse em comprometê-lo pois a probidade profissional e o respeito ao público me obrigariam a contar tudo direitinho, visto que comecei. Tanto mais que muitas pessoas, inclusive senhoras de sociedade, manifestaram-se muito aflitas para saber o fim. São corações fracos. Ficam assustadas quando imaginam o quadro final do primeiro capítulo destas emocionantes aventuras: um pobre correspondente de guerra brasileiro, desarmado, com a mão direita neutralizada por uma tipóia, mal dormido e bem bebido, metido no fundo de um barzinho da perigosa cidade de Casablanca, com duas mulheres desconhecidas e duvidosas, uma enorme conta e um gerente que revela na cara sentimentos de banditismo piores que os de um Humphrey Bogart. Sei que uma boa parte da população do país não tem dormido quase nada esta semana, de medo que me aconteça alguma coisa. Que fazer?

Pois se tranqüilizem, minhas senhoras. A verdade é que se alguma das senhoras passasse cinco minutos depois por aquele bar (o que não creio que aconteça, porque aquela zona é considerada perigosa, mesmo para Casablanca) se deteria na calçada e ficaria certa de que o escritor Bernanos andava pelas proximidades, pois ouviria as exclamações com que ele costuma iniciar e terminar seus artigos, tais como *la France imortelle, l'honneur de France, la France de toujours, jamais! jamais!, c'est une trahison, on ne passe pas, vive la France* e *allons, enfants de la Patrie*. O Sr. Bernanos costuma dizer essas coisas ao mesmo tempo que chama de imbecis, idiotas e canalhas todas as pessoas que não acreditam que os franceses foram para a Síria por inspiração de Jeanne d'Arc e para colocar o *esprit* contra o grosseiro materialismo russo, inglês e americano. Assim a paixão patriótica cega as inteligências mais claras; e muitas vezes me pus a imaginar que se o Sr. Bernanos é tão orgulhoso e desvairado tendo, afinal de contas, nascido na França, como ele seria insuportável se pudesse provar, como eu posso (sem querer com isso, repito, humilhar ninguém), que nascera em uma cidade como Cachoeiro de Itapemirim — afinal de contas uma cidade de gente decente e boa, de famílias conhecidas, gente que a gente sabe quem é, e que fala uma língua direita que qualquer pessoa de bem pode entender.

Mas naquele momento eu estava no estrangeiro, e era obrigado a falar em língua estrangeira, o que sempre é incômodo e ligeiramente humilhante, pois como dizia aquele português, o Teixeira, não há nada mais hipócrita e constrangedor pra um homem de bem do que chamar queijo de *fromage* ou *cheese* quando está vendo com toda a clareza que no fundo aquilo é queijo mesmo. Confesso, entretanto, que naquele momento não me importava falar francês, pois a França bem merecia, e inclusive eu estava empolgado por uma onda de admiração pela França, ali representada por aquela senhora de cabelos castanhos e voz meio rouca porém muito doce. Nessa voz ela me dizia que *non, non, jamais;* que elas duas me haviam convidado para beber e que portanto tinham o direito de pagar; que era estúpido de minha parte querer afrontá-las com o meu sujo dinheiro; e chegou a insinuar coisas depreciativas para a boa educação e o cavalheirismo do homem brasileiro, o que seria intolerável se não fosse dito com ar tão meigo e por uma boca tão fresca à qual um dentinho ligeiramente acavalado do lado esquerdo não tirava graça nenhuma, antes me pareceu acrescentar alguma. Neste ponto proponho ao leitor uma conversa de homem para homem. Prometo pela minha palavra de honra não voltar nunca mais a escrever histórias em série, continuando no próximo domingo. Prometo, ainda domingo que vem, terminar de uma vez por todas estas excitantes aventuras de Casablanca e nunca mais falar nisso. Era minha intenção, juro, acabar essa história hoje, tanto que logo que sentei à máquina escrevi o título "Fim da Aventura em Casablanca", como o leitor pode verificar. Mas, domingo que vem acabo de qualquer jeito e prometo mesmo prestar declarações sobre as coisas que, com tão condenável indiscrição, o correspondente Joel Silveira, que passou por Casablanca alguns dias depois de minha partida, andou espalhando aí, pelos botequins, sobre meu encontro com a atriz Ingrid Bergman, quando a verdade é muito diferente e — vou dizendo desde logo — nada contém que possa desabonar a conduta daquela senhora.

VERDADEIRO FIM DA AVENTURA EM CASABLANCA

Devem estar lembrados os senhores que duas mulheres me arrastaram para um bar, onde bebemos e fizemos uma grande despesa. Elas pagaram — e isso me deixou tão comovido, que me pus a cantar a *Marselhesa* com os olhos úmidos. A explicação sentimental da coisa era que estávamos no dia seguinte ao Dia da Vitória, e elas ainda não tinham festejado o fim da guerra com um brasileiro. Eis que nada era por mim; era por uma das Nações Unidas, o Brasil, que eu representava naquele botequim como o Sr. João Neves e outros representam agora na Europa.

— A outro bar! — gritei eu. — A outro bar!

Sim, eu queria retribuir aquelas gentilezas que atingiam a minha Pátria através de minha garganta; pois o brasileiro é assim, sentimental e generoso; e se o brasileiro é assim, este aqui então não se fala. Estava disposto a gastar todo o meu dinheiro com aquelas senhoras, especialmente a de dentinho acavalado. Lembro-me de um bêbado de minha terra, que dizia:

— No dia em que eu tirar vinte contos na loteria não fica uma mulher pobre nesse Cachoeiro!

Nunca tirou; ainda há mulheres pobres, o que é pena. Mas a senhora do dentinho acavalado me fez saber que era enfermeira voluntária de um hospital aliado; e estava na hora de entrar em serviço. Sairia somente pelas cinco e meia da manhã. Depois de muitos debates (confesso, com ligeira vergonha, que tentei demovê-la do cumprimento de seu dever) ela me pediu o telefone do hotel. Chamaria pelas cinco e meia e iríamos, num carro puxado por um cavalo branco, visitar o palácio do Sultão. Disse que a madrugada em Casablanca é linda em maio; conduziu-me carinhosamente até uma rua mais perto do centro, orientou-me e abandonou-me.

Ah, pobre homem triste e bêbado numa cidade confusa, longe dos seus e de sua terra, sem um amigo, ao escurecer. Andei para um lado e outro, quase me atropelaram e eu murmurava de mim para mim coisas meigas e desoladas — em francês. Em mau francês; tão ruim que às vezes eu mesmo não entendia bem, o que aumentava minha confusão. Vi o anúncio luminoso de um barzinho e parti naquela direção como a pobre criança perdida no meio de um conto antigo, na escuridão, marcha no rumo de uma luzinha que vê lá longe.

O bar era estreito e ruidoso com muitas mulheres e oficiais; mas havia a um canto uma pequena mesa vazia, e me sentei. Deus sabe por que pedi champanhe. Era, segundo creio, de Argel; mas naquela altura dos acontecimentos, poderia ser licor de cacau que eu não notaria a diferença. Fiquei por ali a erguer brindes imaginários, pensando coisas, vendo as pessoas que conversavam, discutiam e riam dentro do botequim. Havia um piano, e alguém tocava. Insensivelmente, comecei a acompanhar a música, batendo com os dedos na mesa; e de súbito levei um susto e ergui a cabeça. Era o *Tico-Tico no Fubá* — e a pianista tocava olhando para mim e sorrindo. Em menos de meio segundo, eu a havia baldeado para a mesa e quinze minutos depois ela já fazia uma idéia razoável do que significa tico-tico no fubá. Como não sei como é tico-tico nem como é fubá em francês, minha explicação foi um pouco longa, e ajudada pelos gestos que eu fazia com os dedos sobre a mesa tentando imitar o gentil passarinho no ato de bicar o fubá. Partimos daí para outras conversas; ela voltou ao piano para tocar outra música brasileira que resultou ser cubana, mas nem por isso deixou de me comover, pois era tocada para mim, e logo mandei arriar outro champanhe.

Neste ponto, tenham santa paciência, eu me detenho. Não contarei o caso do americano bêbado que queria brigar com o francês, em cujo caso tive uma intervenção bilíngüe; nem como me retirei sem conseguir pagar a conta, que a pianista disse que ela pagaria porque assim seria mais barato 35 por cento, mas me daria oportunidade aquela noite mesmo de comprar outras bebidas que beberíamos com outra senhorita e um oficial ruivo que tinha um jipe que nos levaria não sei onde; sendo que eu devia estar na porta do bar à hora de sua saída, ao que afiancei que estaria rente como pão quente. Paremos por aqui. A versão de Joel Silveira sobre o meu encontro com Ingrid Bergman no Coq d'Or vale tanto quanto a de Egídio Squeff sobre os perigos que corri nas mãos de uma suposta espiã que se dizia tcheca, embora seja verdade que na confusão dos tempos de guerra há mulheres que se fazem passar por espiãs para atrair os incautos. A mistura dessas duas histórias tem dado lugar a uma grande confusão, ainda mais quando combinada com o passeio no carro puxado por um cavalo branco, pela madrugada. Sou um homem de certa idade, e tenho visto coisas. Algumas aconteceram comigo, porém poucas. Calarei. Além do mais a Suécia era um país neutro.

Setembro, 1946.

Vem a Primavera

Escreve com violência no *Cruzeiro* meu amigo Genolino Amado contra a Primavera, e o menos que diz dela é que não há. Por que plantar árvores e fazer versos e dizer às crianças e mesmo aos marmanjos: atenção, eis que vem a Primavera — se ela não vem? Ela seria apenas um compasso para a espera do Verão: e é uma tolice comemorar um compasso.

A coisa me atinge, pois tenho cantado a Primavera todo ano, assim como as demais estações, conforme é uso e costume das pessoas que escrevem o ano inteiro, e obedecem às tradições deste ofício. E à força de escrever sobre a Primavera acabei acreditando nela e, quem sabe?, sentindo-a. O que em outros países é fácil e barato, em nossa capital do Brasil é um exercício fino. O homem distraído não vê a Primavera, pois não há neves que se derretam nem campos que se cubram de flores instantâneas. Mas quem viver com o nariz no céu bem que a sente; talvez porque o sol ande um pouco para o sul, talvez porque as laranjas dos caminhões fiquem piores e apareçam as jabuticabas, e certas árvores deitem flores, e os peixes nos deixem comer suas ovas, e os dias comecem a florescer mais cedo, e as primeiras cigarras comecem a cantar. Não sei nada dessas coisas, mas que importa se me comove o equinócio e me sinto intimamente confortável porque neste mundo desigual vejo bem repartida a sombra e a luz do dia 23, e sempre há esperança de que falte menos água, e a marcha misteriosa das coisas nos prometa cajus para chupar com cachaça e as primeiras acácias breve comecem a chover ouro sobre a calçada onde passeio minha nefasta melancolia? Só o lavrador sabe as coisas; só o caçador e o pescador, seus irmãos mais velhos, e jamais nós, cujo calendário é o vencimento dos títulos, os invencíveis títulos, que se vencem ao sol e à chuva com a mesma triste pressa, a mesma cruel monotonia. Eu e Genolino não plantamos legumes na terra, mas apenas cultivamos estas tristes couves da literatura que são as crônicas; e as dele, muito embora sejam couves-flores, também são, como estas, feitas de palavras vãs e não da força da terra e da água do céu. Ai de nós!

Voltarei a contar, em louvor da Primavera que vem no fim do mês, um conto que uma vez li e não sei sequer o nome do autor. Lembro que o mordomo se curva em ângulo reto e anuncia à senhora condessa:

— Com a permissão de V. Exa., a Primavera chegou.

— Diga-lhe que seja bem-vinda, e pode permanecer três meses em minhas terras.

Então vem o primeiro domingo de Primavera. E havia um velho mendigo que tinha uma perna de pau. E todo domingo ele ficava à porta da igreja; e havia uma rica velhinha que todo domingo, à entrada da missa, dava ao mendigo uma grande moeda de cobre. Naquele domingo, entretanto, por ser o primeiro da Primavera, lhe deu uma grande moeda de ouro. O mendigo sorriu e lhe ofereceu uma rosa.

— Que rosa tão bela, mendigo. Onde a colheu?

— Nasceu em minha perna de pau, senhora.

Não sei se isso comoverá Genolino; é possível, se ele já amou entre as rosas de outubro na Praça da Liberdade de Belo Horizonte ou na Praça Marechal Deodoro, em S. Paulo. Mas lhe peço que me ajude a fazer propaganda da Primavera. Assim, quem sabe, talvez ela exista. Tenho feito previsões erradas sobre essa gentil estação, confesso. Há dois anos, em setembro, escrevia:

"Nas filas de mantimentos todos farão roda e se porão a cantar. E haverá luta nos ônibus: pois a Primavera é tão gentil que pela sua influência todos se assanharão de gentileza e todos hão de querer ser um dos 8 em pé:

— Mas, por favor. Mas, faço questão! Oh, senhorita. Oh, cavalheiro! Quero ficar em pé, como sempre vivi! De pé, pela Democracia! De pé, pela Primavera! Irei me sacudindo assim, com o coração acima do estômago, e a cabeça, ainda que tonta, acima do coração!"

Previ também que os açougueiros e padeiros fariam fila à porta dos edifícios, e muitas outras coisas, terminando assim. "Iremos para a amplidão dos mares, na volta tomaremos grandes, imortais chuveiradas. Pois na Primavera teremos água, pois na Primavera nascerão fontes líricas dentro do metal das torneiras, e a vida será uma pantomima aquática, de nossas banheiras saltarão peixes-voadores que se porão a cantar como verdadeiros gaturamos."

Sim, confesso que errei. Mas por que não acreditar na Primavera? É grátis, e para acreditar não é preciso fazer fila. Afinal, a verdade é que desde logo a minha varanda tem flores, e ali atrás do Ministério do Trabalho, entre o horrível Ministério da Fazenda e a lagoa com estátua de Rio Branco, perto de teu apartamento, ó Genolino, as grandes árvores deitam flores rubras. Acreditemos. E aquele dentre vós que tiver a sua amada, cante com Heitor dos Prazeres:

"Meu amor por ti são flores
Tudo flores naturais..."

E quem não tiver amada, espere, que ela está vindo. Está na esquina, talvez na esquina da praia, talvez na esquina do mês de outubro; bela, sorrindo, e coroada de flores ela vem...

Setembro, 1946.

Louvação

Já escrevi sobre isso: mas a coisa me impressionou, e além do mais ainda não recebi os jornais, são seis e quarenta, e Chico Brito combinou de passar com o Cavalcanti às 8 horas para irmos às enxovas. Se começar a procurar assunto, acabo perdendo a pescaria. E acontece que há pouco, quando acordei, eu estava sonhando com isso. Via um homem de avental e touca, como se fosse um sacerdote, mas um sacerdote em paramentos brancos de padeiro. E ele erguia à luz um pequeno pão branco. A luz era a mesma luz de meu quarto, um raio de sol fraco e louro: e o pequeno pão brilhava como hóstia e o homem dizia: "É puro, é puro."

O jornal deu esse caso do padeiro de Brás de Pina que foi autuado por estar fabricando pão com farinha de trigo pura. Entende-se que a Prefeitura tem razão. Temos pouco trigo — e precisamos misturá-lo. O padeiro será punido, mas que ele ouça este canto matinal em seu favor.

Glória a ti, padeiro de Brás de Pina, padeiro do pão puro.

Entre o falso leite, a falsa arte, a falsa crítica de arte, o falso dinheiro do governo, a falsa palavra do político; entre a falsa mulher, a falsa meia de *nylon*, a falsa companhia e a falsa democracia — glória a ti. Mergulhamos no frenesi das falsificações; nossos panos são de falsos tecidos, os sapatos de falso couro, as garrafas de falsa bebida, as palavras de falsa moral. Há orquestras tocando falsas músicas e oradores com a voz embargada, pela falsa emoção; e o chefe de polícia resolve punir falsos crimes. Os partidos fazem uma falsa colisão ou se colocam em falsa oposição ou hipotecam falso apoio; e todos comem falsa manteiga, bebem água de falsa pureza e tomam falsos banhos sem água. De tudo isso nos queixamos aos falsos amigos; e todos nos fazem falsas promessas, e nos oferecemos falsos banquetes; quando tudo piora, o povo nas ruas promove falsos distúrbios, quebrando falsos artigos de falsos comerciantes.

Tu, só tu, fazes o puro pão. Às escondidas, nesta cidade pecaminosa; contra as posturas municipais e contra os costumes; é aí, na penumbra de Brás de Pina, que formas a tua massa pura e a levas ao forno de verdadeiro fogo do ideal, ao fogo do teu coração. Glória a ti, verdadeiro padeiro, último preparador da branca hóstia da verdade eterna e terrena do pão dos homens: glória a ti.

Sim, glória ao padeiro que acredita no pão. Não acreditam na paz os homens que a fazem; até a guerra a fizeram sem acreditar. Glória a ti, padeiro que fazes pão.

Setembro, 1946.

Receita de Casa

Ciro dos Anjos escreveu, faz pouco tempo, uma de suas páginas mais belas sobre as antigas fazendas mineiras. Ele dá os requisitos essenciais a uma fazenda bastante lírica, incluindo, mesmo, uma certa menina de vestido branco. Nada sei dessas coisas, mas juro que entendo alguma coisa de arquitetura urbana, embora Caloca, Aldari, Jorge Moreira e Ernâni, pobres arquitetos profissionais, achem que não.

Assim vos direi que a primeira coisa a respeito de uma casa é que ela deve ter um porão, um bom porão com entrada pela frente e saída pelos fundos. Esse porão deve ser habitável porém inabitado; e ter alguns quartos sem iluminação alguma, onde se devem amontoar móveis antigos, quebrados, objetos desprezados e baús esquecidos. Deve ser o cemitério das coisas. Ali, sob os pés da família, como se fosse no subconsciente dos vivos, jazerão os leques, as cadeiras, as fantasias do carnaval do ano de 1920, as gravatas manchadas, os sapatos que outrora andaram em caminhos longe.

Quando acaso descerem ao porão, as crianças hão de ficar um pouco intrigadas; e como crianças são animais levianos, é preciso que se intriguem um pouco, tenham uma certa perspectiva histórica, meditem que, por mais incrível e extraordinário que pareça, as pessoas grandes também já foram crianças, a sua avó já foi a bailes, e outras coisas instrutivas que são um pouco tristes mas hão de restaurar, a seus olhos, a dignidade corrompida das pessoas adultas.

Convém que as crianças sintam um certo medo do porão; e embora pensem que é medo do escuro, ou de aranhas-caranguejeiras, será o grande medo do Tempo, esse bicho que tudo come, esse monstro que irá tragando em suas fauces negras os sapatos da criança, sua roupinha, sua atiradeira, seu canivete, as bolas de vidro, e afinal a própria criança.

O único perigo é que o porão faça da criança, no futuro, um romancista introvertido, o que se pode evitar desmoralizando periodicamente o porão com uma limpeza parcial para nele armazenar gêneros ou utensílios ou mais facilmente tijolos, por exemplo; ou percorrendo-o com uma lanterna elétrica bem possante que transformará hienas em ratos e cadafalsos em guarda-louças.

Ao construir o porão deve o arquiteto obter um certo grau de umidade, mas providenciar para que a porta de uma das entradas seja bem fácil de arrombar, porque um porão não tem a menor utilidade se não supomos que dentro dele possa estar escondido um ladrão assassino, ou um cachorro raivoso, ou ainda anarquistas búlgaros de passagem por esta cidade.

Um porão supõe um alçapão aberto na sala de jantar. Sobre a tampa desse alçapão deve estar um móvel pesado, que fique exposto ao sol ao menos duas horas por dia, de tal modo que à noite estale com tanto gosto que do quarto das crianças dê a impressão exata de que o alçapão está sendo aberto, ou o terrível meliante já esteja no interior da casa.

Não preciso fazer referência à varanda, nem ao caramanchão, nem à horta e jardim; mas se não houver ao menos um cajueiro, como poderá a família viver com decência? Que fará a família no verão, e que hão de fazer os sanhaços, e as crianças que matam os sanhaços, e as mulheres de casa que precisam ralhar com as crianças devido às nódoas de caju na roupa? Imaginem um menino de 9 anos que não tem uma só mancha de caju em sua camisinha branca. Que honras poderá esperar essa criança na vida, se a inicia assim sem a menor dignidade?

Mas voltemos à casa. Ela deve ter janela para vários lados e se o arquiteto não providenciar para que na rua defronte passem bois para o matadouro municipal ele é um perfeito fracasso. E o piso deve ser de tábuas largas, jamais enceradas, de maneira que lavar a casa seja uma das alegrias domésticas. Depois de lavado o assoalho, são abertas as portas e janelas, para secar. E quando a madeira ainda estiver um pouco úmida, nas tardes de verão, ali se devem deitar as crianças, pois eis que isso é doce.

O que é essencial em uma casa — e entretanto quantos arquitetos modernos negligenciam isso, influenciados por idéias exóticas! — é a sala de visitas. Seu lugar natural é ao lado da sala de jantar. Ela deve ter móveis incômodos e bem envernizados, e deve permanecer rigorosamente fechada através das semanas e dos meses. Naturalmente se abre para receber visitas, mas as visitas dessa categoria devem ser rigorosamente selecionadas em conselho de família.

As crianças jamais devem entrar nessa sala, a não ser quando chamadas expressamente para cumprimentar as visitas. Depois de apertar a mão da visita, e de ouvir uma pequena referência ao fato de que estão crescidas (pois em uma família honrada as crianças estão sempre muito crescidas), devem esperar ainda cerca de dois minutos até que a visita lhes dirija uma pilhéria em forma de pergunta, por exemplo: se é verdade que já tem namorada. Devem então sorrir com condescendência (podem utilizar um pequeno ar entre a modéstia e o desprezo) e se retirar da sala.

Não desejo me alongar, mas não posso deixar de corrigir uma omissão grave.

Trata-se de uma gravura, devidamente emoldurada com o retrato do Marechal Floriano Peixoto. Essa gravura deve estar no porão, não pregada na parede, mas em todo caso visível mediante a lanterna elétrica, em cima de um guarda-comida empoeirado, apoiada à parede. Pois é bem inseguro o destino de uma família que não tem no porão, empoeirado, mas vigilante, um retrato do Marechal de Ferro, impertérrito, frio, a manter na treva e no caos, entre baratas, ratos e aranhas, a dura ordem republicana.

Outubro, 1946.

Eu,
Lúcio de Santo Graal

Já fiz muita coisa em jornal, mas o sonho secreto do coração jamais se cumpriu. É verdade que os sonhos mudam; lembro-me que, no tempo de rapazinho, a suprema autoridade era para mim Yves, do *Fon-Fon!*, o Sr. Bastos Portela. Ele respondia a centenas de cartas com um ar displicente e irônico, rejeitando os poemas ou dizendo alguma coisa sobre as torturas ou delícias da alma que suas fãs lhe expunham.

Sim, era supremo. Às vezes feroz, às vezes delicadíssimo, escrevia com navalha ou pluma e tinha, por cima de tudo, um ar de desencanto, ou fastio que raramente lhe permitia uma pequena frase lírica.

Mandei-lhe, certa vez, alguma coisa que escrevi, uma croniqueta de vinte linhas. Levou semanas para responder, e como o *Fon-Fon!* custava a chegar lá em Cachoeiro! Eu já estava triste quando um belo dia veio a resposta. Yves não publicava minha literaturinha, mas me tratava com uma certa gentileza. Dizia, se bem me lembro, que aquilo devia ser coisa de estudante em férias, e acrescentava algo assim como "hum! você pode ser um humorista".

Não me zanguei com a recusa da croniqueta; com as semanas de espera eu já não fazia muita fé naquilo. (Os escritores adolescentes são horríveis pais, que vivem renegando os filhos semanas e às vezes dias depois de nascidos, passando seu amor de armas e bagagens para outro filho que acham um primor e que logo renegarão; com o tempo a gente fica menos ambicioso e mais humilde, e se às vezes contempla a filharada toda com aborrecimento, pelo menos não a despreza mais por amor dos recém-nascidos, que já sabemos que não são grande coisa.) Também não mandei mais colaboração; creio que fui passar as férias na praia e adeus literatura.

Há muito tempo não leio o *Fon-Fon!*, pois me chateei quando a revista virou integralista; não sei se Yves continua funcionando. Sim, Yves era supremo; mas o meu grande sonho não era ser Yves.

Devo ter algum pudor em confessá-lo. Não é coisa, vamos dizer, muito viril. Que fazer? Rirá de mim o leitor severo; mas que se dane. Meu sonho é ter um "Consultório Sentimental". Não com o meu nome; com um pseudônimo, um bom pseudônimo que intrigasse e encantasse as damas. "Mas quem será?", perguntariam elas, erguendo ao céu os belos olhos negros ou azuis. "Quem será, hein?" E ficariam minutos assim, talvez beliscando levemente o lábio inferior. E o Braga, moita.

Minhas respostas seriam infernais, oh, santo Deus, como eu brilharia. Haveria de mergulhar no coração das damas e de lá traria as pérolas lindíssimas que sempre julgo haver recônditas no fundo desses pequenos e confusos oceanos. De vez em quando eu seria irônico, mas também não demais; às vezes um pouco paradoxal, mas também sem abuso. No mais das vezes seria manso, ainda que profundo; terno, embora ligeiramente superior. Às vezes poderia mesmo ser distinto e tão discreto que pediria perdão, mas me negaria a dar conselho em caso tão delicado. Outras vezes rasgaria apelos: "Ame. e creia no seu amor. Tenha a coragem de seus sentimentos; acredite na vida! Conte com meu apoio moral!"

Absolutamente, ab-so-lu-ta-men-te não cederia aos rogos de missivistas ansiosas por me falar pessoalmente, ou sequer pelo telefone. Não, nunca. Ao palerma do Braga elas não pilhariam; só poderiam lidar com o fantástico doutor de almas, profundo conhecedor do coração epistolar feminino, irônico porém tão humano, severo porém tão meigo.

É inútil, ó belas do Brasil; no dia em que eu me instalar atrás de meu soberbo pseudônimo podeis me mandar retratos até em maiô. Pessoalmente só merecereis o meu desprezo; porque "Juan" (ou "Vic", ou "Parsifal", ou "Dr. Cândido"?) só tratará com as senhoras e senhoritas através de cartas. Pessoalmente (que terá havido com ele, com esse terrível conhecedor de mulheres? desengano ou soberbo fastio? mágoa ou tédio, Senhor?), pessoalmente as mulheres jamais o atingirão, ainda que venham lágrimas sobre a tinta azul em papel cor-de-rosa.

Sim, eu serei misterioso, magnífico, e irredutível, quer me chame "Dr. Mefisto", quer me chame " Johnny", ou, o que talvez prefira, "Lúcio de Santo Graal". E então as damas ficarão exasperadas, fascinadas...

E lá atrás de seu pseudônimo fabuloso ficará escondido, mergulhado na escuridão, ferido e medroso, o pobre coração do Braga.

Outubro, 1946.

De Bicicleta

Um amigo tenho eu dado a amores. Raça tonta de gente é essa, e com freqüência infeliz; mas tem suas coisas engraçadas. Era de ver a seriedade com que me fazia esse amigo, em um grande domingo de sol, a confissão de que sua alma estava às escuras; e a descoberta que acabara de fazer a respeito do ciclismo.

Havíamos pedalado desde Copacabana até perto da praia da Gávea. E quando voltamos pela Avenida Niemeyer e paramos para sorver um chope naquele bar onde funciona uma maternidade, no Leblon, ele parece que se sentia melhor, e disse:

— No estado em que me acho, sofrendo essa dor, não há como a bicicleta.

O estado em que se achava, e que dor era a sua, não vos direi, porque, a mim, as coisas amo dizê-las pelo nome certo. Isso, no jornal, seria feio. Digamos, de um modo vago, que estava infeliz por obra de amores — talvez mal correspondidos, provavelmente apenas mal entrosados ou, o que é ainda mais provável, em defasagem, horrível palavra de origem estatística mas que me parece muito adequada para as lides do amor, onde com freqüência a fase em que um amante anda não coincide com aquela em que anda o outro, fato aliás comum na vida humana, a que Oswald de Andrade chamou, num de seus trocadilhos mais melancólicos, a "procissão do desencontro". Amores desencontrados — ponhamos isso. O fato é que o moço sofria, e do fundo desse sofrimento abençoava sua bicicleta.

— Porque repare que nesse estado um sujeito sair a pé pela rua é mortificante. Anda-se às tontas, anda-se muito, e a certa altura o sujeito está cansado e irritado e nota que não foi a parte alguma. Os veículos de transporte coletivo acrescentam irritação à tristeza. O táxi é impossível, porque a primeira pergunta que faz o chofer é para onde se vai — uma pergunta que envolve um problema de destino, exatamente num momento em que o homem não sabe aonde ir. Carro particular é para quem tem; e mesmo para esse não se recomenda, porque um passeio nessas condições redunda em multas da Inspetoria, com perigo de atropelamento, desastres, etc. O golpe é andar de bicicleta.

Meu amigo falava devagar, como se estivesse pedalando as palavras:

— De bicicleta o sujeito vai pensando no seu caso, e ao mesmo tempo vai castigando um pouco o corpo, fazendo esforço, com o sol no crânio. Além disso não pode dar inteira atenção à sua própria alma, porque deve prestar alguma ao trânsito. E repare que o camarada de bicicleta e roupa de banho pode ir a qualquer parte sem estar indo ali. Está de passagem: passa por ali, o que é uma coisa sem compromisso. Você vai dizer que tudo isso é sutileza ou bobagem minha. Mas estou falando por experiência. A bicicleta é a forma menos intolerável da gente se locomover quando está nestas condições.

Obtemperei que, pela sua teoria, seria também aconselhável ao apaixonado em transe andar sempre de guarda-chuva. Um guarda-chuva, expliquei, sempre distrai um pouco, e o trabalho que uma pessoa tem para não esquecer o guarda-chuva já é um trabalho sadio. Além disso abrir o guarda-chuva, fechá-lo, esgrimi-lo, amarrá-lo, abotoá-lo, mudá-lo de mão, colocá-lo em volta do pescoço, segurá-lo pelo meio, tudo isso são diversões, ainda que modestas, ponderáveis.

Ao contrário do que eu esperava, ele não se zangou por eu mofar assim de sua teoria. Pelo contrário, admitiu que guarda-chuva também não é má idéia — o que mostra a fraqueza mental das pessoas em seu estado.

— É, guarda-chuva é uma boa idéia. Mas sempre que possível, bicicleta.

E continuou a me falar com entusiasmo de sua teoria e prática da bicicleta. Para aborrecê-lo um pouco, lembrei-lhe que bicicleta é um veículo pouco usado. Como ele é um homem habitualmente muito preocupado com a questão social, e até tido como extremista da esquerda, fiz sentir que o proletariado (com exceção dos entregadores de tinturarias e casas comerciais e dos mensageiros) pouco anda de bicicleta e quase nunca passeia de bicicleta. Talvez ao proletário apaixonado infeliz — sugeri — conviesse mais o carrinho de mão, que também distrai muito, principalmente quando carregado.

Julguei que a idéia fosse revoltá-lo, mas meu amigo estava definitivamente idiota e aéreo:

— É, carrinho de mão; pode ser...

Achei melhor promover a retirada, e fomos pedalar. Pois se a bicicleta faz bem a um homem naquele estado, melhor faz ao seu amigo, que assim se poupa muita conversa triste e muita teoria vã.

Novembro, 1946.

Divagações sobre o Amor

Idade de amar, idade de matar, tantas vezes idade de morrer, só ou a dois... O que me suscita esse crime tão triste havido agora no Rio é uma chata melancolia de refletir sobre essas coisas. Refletir não é a palavra boa para o caso; deve ser divagar. São coisas a um tempo graves e vãs, e sendo embora fundamento deste nosso mundo, nele sempre parecem estranhas.

Não evitaremos a pergunta que está no começo dessa história e de mil outras, versando sobre o que seja o amor. Que é o amor? Sorrireis. Sois práticos. Usais e sentis o amor como o homem que tem em casa luz, telefone, ventilador, geladeira e jamais se pergunta o que é a eletricidade. E quando se pergunta isso, logo lhe ocorre que é alguma coisa que vem pelo fio e pela qual se tem de pagar mensalmente a um polvo canadense qualquer. E que pode dar choque, e até matar, mas usualmente acende lâmpadas e esquenta ferro.

Sois práticos; e tendo pago a conta da Light, vos julgais quites com a eletricidade em geral, e seus mistérios mais fundos. Assim pagamos todos a conta do amor e dele usamos a luz e a força: e considerando que a vida é curta, acho que fazemos bem não indagando muita coisa.

Amor é, como a eletricidade, um fluido. Ficamos muito satisfeitos ao dizer isso, o que é um meio de não dizer nada. Seria infame se fôssemos parecer engenhosos usando palavras elétricas para os sentimentos, falando de voltagem, freqüência, acumuladores...

O que há de horrível no amor é que muitas vezes depois que ele acaba dá a impressão de que não devia ter começado e, pior ainda, de que não houve. "Não era amor" — declara o ex-apaixonado, com toda a sinceridade. Tempos atrás se alguém lhe dissesse isso ele se lançaria ao chão e invocaria as estrelas, premindo as mãos contra o peito, e dizendo que se aquilo não era amor não havia amor neste mundo.

"Eu a achava interessante e ela era mesmo bonitinha, mas..." — diz outro de alguém a quem achava precisamente (sem fazer por menos) divina, tipo "eu vi nesta mulher uma perfeita Vênus" ou "nunca houve uma mulher como a do coletor".

Ora, podemos chamar a isso cinismo ou ingenuidade, que não muda nada. Outros preferem dar nome de amor a sentimentos que duram, vamos supor, o mesmo tempo necessário para garantir a estabilidade de um comerciário em nossa legislação trabalhista: dez anos. Mas então Romeu e Julieta não se amavam e Paolo e Francesca só começaram a se amar no inferno, o que não está direito.

Não divaguemos mais. Sim, confesso que tenho algumas idéias que desde muito tempo ando pensando. Mas ainda não estão acabadas de pensar e agora, a esta altura da minha vida, já é tarde para "colher material", como dizem os romancistas amantes da realidade. Há sobretudo dois ou três materiais que gostaria imenso de colher para examinar, mas se trata precisamente de pessoas incapazes de fazer um sacrifício no interesse do desenvolvimento da psicologia científica e, ao invés, se deixam colher de boa mente por rapagões bem-nadantes e bem-dançantes, verdadeiros idiotas, que a cólera de Deus os fulmine ou, pelo menos, os entorte com doenças cruéis. Ah, quão pouco vale hoje em dia a beleza da alma!

E, dando tal suspiro, me fecho em copas.

Novembro, 1946.

Sobre o Vento Noroeste

Dormis; mas em vosso sono há um ranger de flores secas; e sentis também a boca seca e na garganta uma fina, indefinível areia. Ora pois, saiamos, é o Noroeste que se ergueu. Em Santos é o vento da neurastenia; aqui não é tanto. Mas vinde comigo e vos mostrarei não somente o mar de desorientadas correntes, e as árvores assanhadas e as esquinas batidas de lufadas de poeira, depois de vagarosos bafos de calor, como se invisíveis bolas de ar quente rolassem pela calçada. Mostrarei mais coisas, inclusive esta janela que sempre é tão sossegada, tão acostumada a se abrir e fechar pela mão humana, e agora bate desesperada, com uma espécie de raiva. Notai esta moça loura de pele fina e rosada. Perdeu a fragrância, está avermelhada e um pouco áspera; nesta senhora morena de pele seca surgem finíssimas rugas que nunca houve. E todas cerram um pouco os olhos e têm os lábios secos; e se inquietam não apenas pela poeira como porque o vento lhes bate nos cabelos. Adeus, calor sereno, adeus frio excitante, e bom ar um pouco úmido e macio; vivemos em temperaturas desiguais e a saliva seca em nossa boca. Perdemos o ritmo, porque a força do vento varia de zero a rajada, e se quebrando pelas esquinas, assim desigual, ora se detém, ora se choca consigo mesmo, numa sarabanda de folhas. Acaso rodopiaremos subitamente alegres, ou andaremos nervosos de cara ao vento ou aflitos nos deteremos de mãos nos olhos? Sim, poderemos tomar um banho e fechar tudo. Mas dentro do quarto fechado sentiremos um calor desigual e uma pressão oscilante, como se invisíveis correntes atravessassem as paredes.

Ah, bem sei, estamos vivendo tempos inquietos e não faz mal que soprem ventos inquietantes sobre a terra desde que já sopram na alma dos homens.

E se na verdade não somos pescadores nem aviadores, que temos a ver com o vento? Ele não pára o ônibus, não piora nem melhora o bife do restaurante, não ofende nossos horários civis. Sim, mas podíamos alegar perante as autoridades que esse vento desgosta as flores; e é preciso protegê-las. Ao menos, com os estudantes, peçamos um abatimento de 50 por cento no número de folhas secas que rangem dentro de nós. Se o governo não tomar providências, esse vento invadirá as casas de luxo, inclusive as lojas de antiguidade, e quebrará vasos de porcelana da dinastia Ming. Como viver sem esses vasos de porcelana da dinastia Ming? Não, leitor, não creais que eu tenha algum em casa; suponho que eles ficam melhor nas próprias lojas onde são vendidos e colocados nas vitrines. Alguém os compra? Sempre há muitos; parece que a dinastia Ming era muito trabalhadora e passava o tempo todo a fazer vasos.

Mas devemos evitar prejuízos ao comércio honrado, que paga seus impostos; mesmo porque em caso contrário virá a polícia e então será impossível manter a ordem. Precisamos de ordem! Não aquela com O grande, que é revista católica ou delegacia de polícia ou legenda de bandeira. Precisamos da ordem vulgar, a mansa ordem da vida, eis aqui: torneiras com água, açougues com carne, padarias com pão, pão com manteiga, açucareiros com açúcar, veículos com espaço, mulheres com sorrisos e até mesmo, por que não, claras risadas matinais e por que não também vespertinas, e mesmo digamos noturnas. Risadas de mulheres... São lindas. Mas hoje em dia as senhoras e senhorinhas andam cheias de problemas não sentimentais; pleiteiam coisas; falam coisas; até mesmo fazem coisas; e acabam parecidas com coisas, ou com falta de coisas, quando no fundo sabemos que são seres especiais, delicadíssimos e cheios de um doce mistério.

Que fazer? Sim, naturalmente precisamos mudar de chefe de polícia; mas logo em seguida, ou concomitantemente, cessar esse vento Noroeste. Estão falando em "clima de confiança". Sei; com Noroeste!

Ah, sopra, vento, atiça as fagulhas; anda; vá; torce-te, vento; nas esquinas; dá lufadas contra o prédio de apartamento, tira o zinco da favela, joga cisco no olho da jovem datilógrafa, irrita os nervos do dentista que extrai um nervo, dá um tapa de folha seca na cara daquele senhor. Venham lufadas e poeira; fique perigoso o mar e inquietante a vida sobre a terra, e tenhamos sol amarelo e lua fosca, a garganta seca. Todos os telefones em comunicação; mas todos, todos, fazendo guem-guem-guem até enjoar. Os sonâmbulos acordam cansadíssimos; pois é o vento Noroeste; a empregada perde o cartão de racionamento, o funcionário o ponto, o rapaz o dinheiro, o homem do escritório o documento, o estrangeiro o passaporte, o professor a caneta-tinteiro, o autotransporte a direção, o atropelado as pernas, a mocinha a vergonha, o amante a chave, a mulher o dinheiro que gastou no penteado, o mundo a graça, e a mãe a paciência com esses meninos que estão impossíveis, impossíveis, açoitados pelo vento Noroeste, carregado de germes de espírito de porco em pó. Que voe o pó; não adianta defesa; ao pó voltaremos, que somos pó, não mais.

Todas as flores terão as pétalas logo murchas, ressecadas; seque também o úmido beijo de amor; é o Noroeste, é o Noroeste, não há como lutar contra o Noroeste, embora eu lute bravamente com esta crônica seca na mão, ainda que os tipos da máquina estalem sobre folhas secas. Estou cansado.

Dezembro, 1946.

História de São Silvestre

CAPÍTULO I

Talvez não tivessem sido muito atentos em suas orações, talvez tivessem bebido em demasia ou ainda pode ter acontecido que sobre o leve fervor de fraternidade que reinava naquele instante dentro daquela casa caísse de súbito o peso de um ano inteiro de pecados e quizílias. Quando festejamos a entrada do Ano-Bom, nós próprios nos sentimos bons, e todos os que estamos juntos a comer, a beber, a dançar, nos tratamos dentro de um espírito de boa vontade bastante leviano. E apesar de nosso ar inocente estamos sendo cruéis com o ano que morre; bailamos sobre a sua sepultura e abafamos com sambas e outras músicas profanas os estertores de sua agonia.

Mas isso são filosofias, e desejo narrar o fato que presenciei. Deliberadamente o faço já fora de época, para que os meus milhares de leitores tenham, daqui até o próximo Ano-Bom, tempo suficiente para esquecer a história, por mais impressionante que ela seja.

Do ponto em que me achava sentado o espetáculo era de uma grande beleza burguesa.

Dizem que a burguesia é uma classe já condenada pela História, e que breve sumirá no sorvedouro social, visto que a posse por um grupo limitado de pessoas (ainda que sejam pessoas de bem) da terra e das máquinas e meios de produção em geral conduz forçosamente a Más Conseqüências. Dizem que isso é verdadeiro a um tal ponto que os países mais prósperos do mundo burguês só gozam por exemplo dessa felicidade primária e aliás bastante medíocre que é estar todo o povo a trabalhar granjeando com honradez o seu pão quando esse trabalho se destina à Morte, e não à Vida. Assim dizem. Em nações soberbas, como a Alemanha, a França, a Inglaterra e os Estados Unidos há em tempos normais milhões de desempregados, homens que não têm o que fazer, e ficam, se me perdoam a expressão, bestando por ali como se o trabalho dos outros bastasse para a fartura geral, o que não se dá. Só em tempo de guerra ou de preparação para a guerra todos acham o que fazer. Em outros países as eras de Prosperidade redundam em fatos reprováveis, como é a destruição em grande escala de mercadorias. Quando queimamos ou jogamos ao mar milhões de sacas de café produzidos com desagradável esforço, não o fazemos porque o Mundo esteja abarrotado de café, a tal ponto que todas as famílias decentes tenham na despensa mais quilos de café do que o estimável em vista do problema do espaço no lar.

Não, não é assim. O café, que é pouco para as pessoas que querem tomar café, é demasiado para as pessoas que querem vender café. O que acontece é uma coisa profundamente trágica e estranha, eis que o café não é produzido para ser bebido, e sim para dar lucros. O mesmo sucede com outros produtos, de maneira que já temos visto a maior parte dos povos do mundo (inclusive povos do Oriente que, bem ou mal, também pertencem à Humanidade, embora sejam de alma atravessada ou enviesada, segundo julgam muitos cristãos do Ocidente), a maior parte dos povos dos mundos, íamos dizendo, passar necessidades de roupa e de boca quando os jornais mais sérios e as estações de rádio cujos conselhos são ouvidos com mais atenção afirmam que há Superprodução. Proibimos a instalação de usinas de açúcar não porque a vida para a humanidade esteja demasiado doce, mas, sim, porque é preciso proteger os lucros dos donos de usinas de açúcar existentes. Fazemos isso para evitar que o açúcar fique muito barato, como se fosse um grande pecado ficar o açúcar muito barato. Além disso, se o país A produz colchetes e o país B também produz colchetes, e ambos desejam vender colchetes ao país J, isso resulta em uma disputa entre nações, sendo convidados escritores, declamadoras, militares, eclesiásticos e escroques do país J a visitar ora o país A, ora o país B, na esperança de que se esforcem para colocar o país J a favor do país A em sua guerra contra o país B, ou a favor do país B em sua guerra contra o país A, visto que no Sistema do Imperialismo o único meio de saber quem tem direito de vender colchetes é transformar as fábricas de colchetes em fábricas de espoletas e travar batalhas terrestres, aéreas e navais que enriquecem as Páginas da História.

Tudo isso se diz em desfavor do Regime Burguês, isso e muito mais, que tenho visto comentado em livros, jornais e palestras de pessoas que parecem preparadas e importantes, e que mesmo depois das refeições tratam desses assuntos com a maior licença e despejo. E como até um certo ponto eu ainda posso me considerar uma figura da Nova Geração, tenho o dever de estar a par dessas coisas e levá-las em conta, embora eu prefira não alimentar nenhuma Opinião Pessoal a esse respeito. Mas se em minha consciência eu tenho alguma coisa a dizer em favor do Sistema da Burguesia, sou um homem bastante decente para o fazer aqui neste momento, mesmo correndo o risco de que este jornal, embora seja um órgão reconhecidamente honesto, e lido pelas melhores famílias da cidade, caia em mãos de algum perverso proletário.

Mas a observação pessoal é uma Fonte de Sabedoria e eu observo as coisas com dois olhos que, embora castanhos e mesmo tirantes a verde, vêem este mundo com bastante clareza. O salão estava iluminado de maneira própria a despertar Sentimento de Infância e provocar Deslumbramento e Sonho. As fortes e claríssimas Lâmpadas Elétricas tinham sido apagadas, luzindo sobre a grande mesa um candelabro com velas, e pequenas lâmpadas penduradas na Árvore de Natal de dois metros e quarenta centímetros de altura; e nos cantos dos salões, em peanhas incrustadas a cerca de dois metros uma da outra, em sábia disposição, havia castiçais providos de pequenas lâmpadas elétricas em forma de chama de vela e de várias cores, notadamente a azul e a vermelha. Assim era possível obter o que a mais perfeita Iluminação Indireta e Fria que representa aliás o ápice do conforto da burguesia moderna não poderia proporcionar: reflexos maravilhosos sobre as porcelanas, a prata das baixelas, os grandes pratos de finos molhos tornados mais sedutores assim, e os vinhos das taças, o linho da toalha que era um sonho de açucenas, a seda que envolvia os roliços corpos das mulheres belas, deixando, à doce vista nossa, metade dos seios macios, e também nimbava seus cabelos e dava cintilações aos olhos divinais. De meu posto de observação, que era uma profunda poltrona, que devemos reconhecer como uma grande contribuição do Sistema Burguês para o aconchego do Corpo Humano, eu via essas mulheres, demorando minha atenção sobre quatro ou cinco especialmente Jovens e Belas.

Eram bem diferentes uma da outra, mas apesar disso cada uma separadamente era tão linda e sedutora que, ao demorar dois minutos a vista em sua figura, o observador era levado a acreditar que aquilo era a figura da própria Beleza Humana, e que nada poderia haver que se lhe comparasse; de modo que ao fixar os olhos em outra sentia uma extraordinária surpresa e um encanto perturbador — tudo isso a tal ponto que ali na minha poltrona, metido naquele *summer-jacket* emprestado, eu me pus a considerar que, quando eu ficar rico, vou adquirir meia dúzia de pessoas assim e colocá-las em Minha Residência, esta sorrindo, cantarolando aquela, tal lânguida a um canto, tal ajeitando os cabelos com as mãos à nuca, os Belos Braços erguidos, tal fumando em piteira de âmbar.

Seriam ainda 11 horas da noite, e estávamos ali à espera do Ano-Bom, de uísque em punho; e fiquemos a esta altura por hoje, pois não posso ocupar todo o espaço deste jornal, onde há outros Pobres-Diabos que também escrevem e não é justo que eu tome todo o espaço, embora, para ser franco, eu duvide muito que qualquer deles tenha uma história para contar mais empolgante e instrutiva do que esta.

Até a semana que vem!

CAPÍTULO II

Dá a Terra uma volta completa ao Sol; e que outra coisa pode fazer senão dar outra?

A esse movimento da Terra se chama Revolução; mas contra essa Revolução as Autoridades não tomam nenhuma providência.

Disso nos queixávamos durante a festa — porque ali entre cristais e louras bebidas e mulheres, contemplando a pálida e meiga, macia carne do peru, qualquer idéia de Revolução nos parecia de mau gosto. Durante uma Revolução podem acontecer muitas coisas desagradáveis, inclusive que se quebrem Cristais Finos.

Esses pensamentos, voando nas asas dos minutos, nos levavam para a Meia-Noite; e sentíamos um leve nervosismo como se alguma coisa realmente fosse acontecer quando os longos e floridos ponteiros do comprido Relógio de Mogno se juntassem no número 12. Bebíamos com afã. Eu contemplava as espáduas nuas de uma Mulher da Raça Branca; sua carne era alva e delicada como a do peru; lembrei-me de histórias magníficas do Tempo do Apogeu da Burguesia, em que mulheres assim esplêndidas eram banhadas em champanhe *demi-sec,* e suspirei pela decadência de uma Civilização cujos Frutos excelentes não colhi.

Desculpai-me, leitor. Sinto que sois possuído de uma insuportável ansiedade em saber o que aconteceu à Meia-Noite; e embora com certa pena, saltarei sobre várias Considerações Filosóficas Sutis, para narrar os fatos. Perdereis assim um ramalhete de idéias finas, dominadas pela dolorosa impressão de que nós, da Alta Burguesia, já não gozamos hoje da Inocência do Prazer como antigamente. Houve tempo, em que nos isolávamos unicamente para sentir maior deleite em nossa própria refinada presença mútua. Hoje, onde quer que estejamos, nosso *party* tem alguma coisa de fortaleza; sentimo-nos sitiados, e inventamos mil maneiras de desfazer em nós mesmos essa impressão desagradável; a malquerença e a incompreensão da plebe nos cerca de mil olhos que são menos deslumbrados que invejosos; se eu, o Poderoso Braga, mandasse encher de champanhe uma banheira de Mármore Fino e banhasse aquela bela Senhora da Raça Branca pela Madrugada, os jornais da ralé e mesmo Órgãos de Imprensa Respeitáveis não compreenderiam esse Gesto.

Prometo não fazê-lo!

Na realidade tenho me preocupado muito com o Problema Social. Como atenderá o Socialismo a essas necessidades Superiores do homem? Consultei um amigo extremista muito compreensivo, e ele me disse que no Regime Socialista haverá piscinas públicas de champanhe. Talvez fosse boa vontade dele, a quem dou minhas contribuições para o Desenvolvimento do Extremismo através de cheques mensais, que todavia são menores que os outros, que assino em benefício da Liga Espiritualista de Defesa da Civilização Cristã e Paz na Terra Entre os Homens de Boa Vontade, que tem muitas despesas avalizando promissórias de jornalistas que são Verdadeiros Democratas Ardorosos e adquirindo Autos Blindados com Alto-Falantes e Metralhadoras Ponto 50 para fazer propaganda da Paz Social durante movimentos Grevistas.

Enfim, tenho gasto um dinheirão, como diria um burguês mais grosseiro.

Mas onde há mais a alegria sobre a terra? Quando as taças tiniram, lábios amantes se beijaram e sirenes e hinos saudaram a Meia-Noite, o passarinho do relógio começou a cantar. Foi então que aconteceu a Coisa Impressionante. Um grande Corvo de Madeira Preta surgiu das trevas, matou o gracioso cuco com uma bicada e muitas luzes se apagaram, e nós todos, trêmulos, não víamos mais do que o Corvo e a Sombra do Corvo. Houve um silêncio tremendo e depois ouvimos a sua voz roufenha:

— Eu sou o Corvo saído das catacumbas do Ano Morto. Eu venho do ventre escuro do tempo, eu sou o Corvo do Ano Morto. Rindo, bebendo, bailando, beijando-se e dizendo tolices e fazendo votos levianos de felicidades vós tripudiais sobre o cadáver do Ano Morto. Vós tripudiais sobre vossos próprios cadáveres. Quanta coisa dentro de vós morreu este ano!

"Quantas flores pisastes no jardim de vossa alma, e a ternura que secou, e as nuvens de fumo acumuladas entre vossos olhos e as estrelas, fumo de vossa maldade. Olhai para trás, senti dentro de vós mesmos o peso morto de vossa Desídia e aí tereis a imagem do Ano Novo. Assim será. Estareis caminhando para a Doença e o Remorso; continuareis a negociar com a moeda de vossa covardia. Sabeis disso. Por que não chorais agora, por que não encheis vossas taças com fel e vossos pratos com cinza?

Então as luzes todas se acenderam, fazendo-se uma claridade dolorosa. Os homens começaram a se mover, mas estavam recurvos e reumáticos, com narizes aduncos, como se tivessem afivelada ao rosto a máscara das próprias almas. E nas mulheres havia as rugas de fealdade, suas peles estavam murchas e ásperas, e falando com uma voz arrastada e rouca, elas enumeravam suas próprias maldades e sujeiras com um tom monótono; na verdade ninguém lhes dava atenção. Todas as roupas estavam com cheiro de mofo, um insuportável cheiro de mofo ou de asas úmidas do Corvo Sujo. Tudo isso durou apenas um segundo. Logo se fez completa escuridão e o Corvo disse:

— Eis o que vos trarão os Anos-Bons. Festejai-os, festejai-os!

Sua voz se extinguiu, e novamente a iluminação do ambiente voltou a ser conforme foi descrito minuciosamente no capítulo primeiro desta história, e o pequeno cuco redivivo acabou de marcar a Meia-Noite, e o alegre ruído de vozes, retinir de taças e votos de felicidades entre abraços e beijos trocados por homens elegantes e Mulheres Maravilhosas, com sirenes e hinos, tudo ressurgiu numa alegria sem fim. Ficou tacitamente combinado que ninguém contaria o Desagradável Incidente, mesmo porque cada um ficou com um inexplicável sentimento de culpa, como se ele próprio tivesse virado Corvo e promovido toda aquela cena desprimorosa.

Janeiro, 1947.

Em Cachoeiro

Chego à janela de minha casa e vejo que umas coisas mudaram. Ainda está ali a longa casa das Martins, a casa surpreendente de Dona Branquinha. Relembro os bigodes do coronel, e as moças que estavam sempre brigando porque nossa bola batia nas vidraças. Jogávamos descalços na rua de pedras irregulares e tínhamos os dedos e unhas dos pés escalavrados e fortes. Vista de fora, aquela casa podia parecer quente; mas ainda sinto na planta dos pés o frio bom de ladrilhos da ampla sala toda aberta para a sombra doce do pomar de romãs e carambolas; atrás do pomar o rio chorando. Ali está ainda a casa de meus tios onde antes moraram os Leões e os Medeiros. Agora até meu tio morreu, e no lugar do pé de cajá-manga há uma mangueira; e um renque de acácias espanholas, amarelas e vermelhas, corre sob as janelas do lado. Vão construir no terreno em frente, onde havia aquela interminável família de negros e depois os cachorros de caça do Nilo Nobre.

Estou cercado de lembranças — sombras, murmúrios, vozes da infância, preás, mandis e sanhaços; gosto de ingá na ilha do rio, fruta-pão assada com manteiga, fumegante no café da tarde, lagostins saindo das locas e passeando na areia nas tardes quentes, piaus vermelhos, lua atrás do Itabira, nomes que esquecera, aquela menina lourinha, filha de Seu Duarte, que morreu, enterro alegre de meu irmão, acho que Francisquinho, com nós todos esperando debaixo do caramanchão; e meu pai na cadeira de balanço, Zina guiando o Ford, bois passando para o matadouro, mulheres de lenço na cabeça descendo do Amarelo, vendendo ovos a um "florim" a dúzia; e escorregamos em folha de pita pelo morro abaixo até o açude... Mergulho nesse mundo misterioso e doce e passeio nele como um pequeno rei arbitrário que desconhece o tempo; ainda existe o colégio de Tia Gracinha, ainda existe o coqueiro junto da ponte do córrego; esfregamos nossos braços com urucu, e, para evitar frieira, temos sempre um barbante amarrado no tornozelo. São dezenas, centenas de lembranças graves e pueris que desfilam sem ordem, como se eu sonhasse. Entretanto uma parte desse mundo perdido ainda existe e de modo tão natural e sereno que parece eterno; agora mesmo chupei um caju de 25 anos atrás.

É extraordinário que eu esteja aqui, nesta casa, nesta janela, e ao mesmo tempo é completamente natural e parece que toda minha vida fora daqui foi apenas uma excursão confusa e longa; moro aqui. Na verdade onde posso morar senão em minha casa?

Abre-se uma janela do Centro Operário. Será a aula de Dona Palmira em 1920 ou há reunião para discutir os estatutos? Durante toda a minha infância eles discutiram os estatutos. Eu não podia entender nada, mas havia pontos terrivelmente sérios. Era "Centro Operário de Proteção Mútua" ou "Centro Operário E de Proteção Mútua"? Pela noite afora, ano após ano, um mulato meio velho e magro, de óculos, o dedo em riste, a voz rascante, atacava com extraordinária ferocidade aquele E. Não conseguiu derrubá-lo; os operários talvez se sentissem fracos sozinhos, precisavam daquele E que os conjugava com outras camadas sociais. Ficou o E, meu pai foi diretor, e quando morreu teve auxílio no enterro, tudo sem ser operário, tudo graças àquele E. Sem o E eu talvez não tivesse estudado ali, não me sentaria no comprido banco, onde o último da esquerda era o preto Bernardino e à direita o rosto lindo de Lélia, com seus cabelos doces e uma covinha quando sorria. Quando não estavam discutindo os estatutos, ou providenciando um enterro de sócio, com a bandeira do Centro em cima do caixão, os operários E todos que queriam proteção mútua estavam dançando; sons de pistom atravessam seu sono infantil: eu achava estranho e ao mesmo tempo alegre e feliz haver baile na mesma sala onde eu tinha aulas.

Bem, tenho de sair. Mas no momento em que vou deixar a janela, vejo um homem que passa para baixo;

é um velho com seu andar lento. É Chico Sapo. Inútil querer lembrar-lhe o nome. Talvez ele se zangue com esse; mas eu nunca soube de outro, e esse nome que a um estranho pode parecer engraçado, a verdade é que ele tem para nós alguma coisa de nobre. Sim, é Chico Sapo, o ferreiro, pai de Manuel Sapo e também de Pio Sapo, que agora me contam que morreu. É o velho Chico Sapo, e nenhum rei da Inglaterra tem um nome mais nobre. Lá vai ele, no seu lento andar de sempre, mais velho e útil que o pé de fruta-pão, da idade talvez das águas do rio, e tão antigo e tão laborioso e tão Cachoeiro de Itapemirim como as águas do rio. Passa agora como passava na minha mais remota infância; trabalha através dos séculos, sério, calado e obscuro, o velho Chico Sapo; e é sólido, respeitável e eterno.

Quando volto ao centro, e olho de baixo para a Câmara Municipal, não é um trabalhador do tempo de minha infância que vejo. Mas é também um trabalhador que está ali, de pé, junto àquela porta, de componidor na mão, com o mesmo assobio de 18 anos atrás. Lá está Hélio Ramos diante de sua caixa de tipos. Eu estou longe daquele menino de 15 anos metido a fazer artigos, e meus amigos também envelhecem, João Madureira se lamenta da careca; sentimo-nos passar e estragar. Mas vemos lá em cima Hélio Ramos no seu posto. Sou informado de que agora ele tem seis filhos e não apenas toca na banda como é maestro. Mas ali, de componidor na mão, é o mesmo Hélio Ramos, grave e eterno, acumulando uma estranha nobreza no melhor valor dessa palavra, nobreza igual à de Lorde Chico Sapo e Sir Orlando Sapateiro, nobreza de Cachoeiro de Itapemirim.

Fevereiro, 1947.

As Velhinhas da Rue Hamelin

Paris, setembro — Rue Hamelin, onde morreu Proust. Ali pertinho é a rue Lauriston, onde morreram muitas outras pessoas menos conhecidas: ali era a casa das torturas da Gestapo. Mas na rue Hamelin há coisas imortais: suas velhinhas não morrem nunca. Há aquelas duas que vão todo dia ao mesmo bistrô; uma corpulenta, sempre de chapéu, que lê o *Figaro* e reclama a qualidade do vinho, mas reclama com uma dignidade que se ajusta bem aos seus 70 e muitos anos; reclama e bebe. Mora um pouco para baixo de minha casa, e eu gostaria de imaginar que mora na casa em que morreu Proust; mas não, onde Proust morreu vive hoje um sindicato.

Atravessa a Avenida Kleber com um passo lento no seu vestido negro sempre impecável; como todas essas outras digníssimas velhas usa um vestido que se fecha no pescoço em uma espécie de gola alta, onde há rendas e talvez elástico, talvez barbatana, uma gola que mantém a cabeça ereta através dos séculos, capaz de ver de cima, sem se curvar, as pequenezas do mundo presente. Atravessa a avenida sem olhar para os lados, como se todos os choferes de Paris tivessem o dever de respeitá-la; talvez ao se aproximarem de sua pessoa esses carros motorizados se tranformem secretamente em coches e diligências, para fazer ambiente para a sua travessia.

A outra velhinha tem o ar triste — e come muito. Não creio que dure muito; mas é verdade que há trinta anos atrás ela poderia dar a mesma impressão. É infinitamente velha, e apesar da gola apertada anda devagarinho a olhar disfarçadamente para o chão, como se temesse tropeçar e cair dentro de alguma sepultura. Sua própria velhice já deve ser uma coisa muito velha; ela deve ter perdido algum neto muito querido na guerra francoprussiana e desde então tem esse ar triste.

Há ainda uma velha pobre, mas também vestida com a maior dignidade. Outro dia cheguei à janela, atraído por alguns sons feios e tristes que pareciam querer se encaminhar no sentido de uma certa melodia: era essa velha que cantava. Cantava no meio da rua, em pleno sol, parada, olhando os cinco andares de janela. Hesitei um instante antes de lhe jogar algum dinheiro. Sua presença era tão severa como a da genitora de um magistrado mineiro em dia de missa de sétimo dia pela alma de outra genitora de outro magistrado mineiro, na igreja de São José. Temi ofendê-la jogando-lhe dinheiro, como já fizera em benefício do cego e da mocinha ou do homem da rebeca ou do algeriano do macaco que dança ao som do tambor. (Sim, porque a rue Hamelin tem seus artistas errantes.) A velha senhora tentava cantar uma velha canção; joguei-lhe algumas moedas dentro de um maço de cigarros. Parou de cantar e recolheu o dinheiro com um gesto difícil e lento, sem se dignar a me agradecer.

Há dois velhos extraordinariamente magros, extraordinariamente brancos, vestidos de negro, com chapéus negros, que andam juntos mas não se falam nunca, como se há quarenta anos atrás tivessem esgotado de maneira irremediável o último assunto; mas há um velho que, segundo descobriu dom Carlos de Reverbel, adora o trato com os outros seres humanos. Veste-se com menos esmero, talvez com uma limpeza duvidosa; até seus cabelos brancos e sua pele parecem mais encardidos pelos anos e pelas intempéries. Usa uma espécie de sobrecasaca imutável e gosta de ficar parado perto do metrô Boissières. De vez em quando detém um transeunte. Já assistimos a essa cena, que o próprio dom Reverbel, com sua paciência, já viveu duas vezes. O ancião pede desculpas e faz alguma pergunta sobre a direção em que deve viajar para uma certa gare. A pessoa explica com gentileza: descer em Trocadero, pegar então direção de Sévres, etc. O velho ouve com a máxima atenção, movendo a cabeça; e acaba perguntando se não seria muito incômodo mostrar-lhe o itinerário no mapa. Vêm então os dois até o mapa e a explicação é repetida. O velho agradece muito, e o outro segue seu caminho, convencido de que praticou uma boa ação. O que não é inexato. Seria inexato, porém, pensar que o digno senhor pretendia ir a rue Molitor ou a qualquer outra parte. Nunca. Jamais desce as escadas do metrô; continua ali na calçada, com um ar meio desorientado, à espera de outra pessoa a quem perguntará o itinerário de outra estação. Nunca vai, nunca foi a parte alguma; nasceu, já de sobrecasaca, num desses escuros casarões da rue Hamelin, e no lugar de morrer talvez vire estátua na pracinha ali atrás: há muitas estátuas em Paris, e se esse velho se disfarçar em bronze e ficar quietinho no meio do jardim, ninguém duvidará que ele seja, por exemplo, o próprio Hamelin. (Desconfio vagamente que é.)

Mas foi na esquina de Galilée que assisti a um dos encontros mais tocantes que me foi dado presenciar na vida. Vinha de um lado uma velhinha e de outro lado outra. A primeira vista eram iguais; vestidas de negro, luzidias, com passos miúdos, magrinhas como duas formigas. Duas formigas quando se encontram param, para conversar — e as velhinhas pararam na esquina. Durante um instante uma pareceu observar com atenção a outra; e cada uma deve ter chegado à conclusão de que a outra estava irrepreensível, desde os sapatos pretos até o chapéu preto, desde a bolsa até à pintura das faces. (Porque essas velhinhas de Paris muitas vezes se pintam: além de se pintarem creio que se armam com espartilhos e outros mecanismos capazes de suster na vertical seus minguadíssimos restinhos de carne que talvez de outro modo, libertados de tudo isso, virassem cinza e se espalhassem ao vento dos *bou-*

levards.) As duas formiguinhas se fiscalizaram um instante: eram ambas tão incrivelmente velhinhas que talvez cada uma apenas quisesse se certificar de que a outra realmente ainda estava viva, ainda existia ao cabo de tantos séculos. Ambas resistiram à crítica — e então como ficaram alegrinhas em se ver! Como ficaram alegrinhas! Parei para vê-las; trocavam palavras gentis com suas vozes de meninas roucas, agitando um pouco, ao falar, as duas mãos, movendo um pouco para a frente os corpos mirradinhos, concordando, agradecendo, sorrindo infinitamente felizes. Então se separaram — e apenas achei um pouco exagerado que, ao se separarem, uma dissesse *au revoir* à outra. Não, elas não se reverão: não, tudo tem um limite, mesmo essas velhinhas da rue Hamelin. Certamente cada uma chegou em casa, deitou-se assim mesmo, toda bem vestidinha, em sua caminha, trançou as mãos sobre o peito murcho — e morreu, afinal.

Setembro, 1947.

Sumário

CONHEÇA RUBEM BRAGA

Lygia Marina Moraes

Rubem Braga é talvez o único de nossos escritores a entrar para a história da literatura brasileira quase exclusivamente como cronista. A ele devemos ter devolvido à crônica a condição de permanência como gênero literário. O que Rubem Braga escreve não é apenas um trabalho jornalístico, mas a criação de um escritor cujo tema é colhido na observação pessoal dos fatos da vida cotidiana e dos acontecimentos de nosso tempo.

Rubem Braga nasceu em Cachoeiro de Itapemirim, Espírito Santo, a 12 de janeiro de 1913, filho de Francisco de Carvalho Braga e Rachel Cardoso Coelho Braga. Morreu no Rio, dia 19 de dezembro de 1990. Seu pai, paulista, foi o primeiro prefeito de Cachoeiro, exerceu diversas profissões, como as de lavrador e comerciante, até chegar à de tabelião. Sua mãe era filha de um pequeno fazendeiro do município.

Rubem Braga aprendeu a ler em casa e, ao entrar para a escola — Centro Operário e de Proteção Mútua, foi direto para o segundo ano primário. Começou o curso secundário no Ginásio Pedro Palácios em sua cidade natal e foi terminá-lo em Niterói. Era um aluno regular; chegou a ser reprovado numa das séries do ginásio, mas sempre gostou muito de ler. Em 1928, aos quinze anos, começa a escrever no jornal da família, fundado pelos irmãos Jerônimo e Armando, o *Correio do Sul*, de Cachoeiro de Itapemirim.

Em 1929 matriculou-se na Faculdade de Direito do Rio de Janeiro, onde fez os dois primeiros anos do curso, transferindo-se depois para a Faculdade de Belo Horizonte, formando-se em 1932. Devido às agitações políticas da época, seu curso teve a duração de apenas quatro anos.

Por indicação do irmão Newton, poeta e jornalista então radicado em Minas, Rubem consegue o primeiro emprego aos 19 anos, ainda estudante, no *Diário da Tarde*, de Belo Horizonte. Publica a primeira reportagem no dia 7 de março de 1932. Em seguida, passa a assinar crônicas e faz a cobertura para os Diários Associados da revolução constitucionalista de 1932 na frente de batalha, o Túnel da Mantiqueira.

Nunca exerceu a advocacia, pois foi desde cedo absorvido pelo jornalismo, firmando-se como cronista, comentarista político e repórter. Trabalhou em diversos jornais e revistas de São Paulo, Recife, Belo Horizonte, Porto Alegre e Rio de Janeiro, cidades onde residiu. Em 1935 fundou, no Recife, a *Folha do Povo*. Em 1936 publicou em livro a sua primeira seleção de crônicas, *O Conde e o Passarinho*. Várias vezes foi detido ou perseguido pela oposição a governos.

Acompanhou a Força Expedicionária Brasileira na campanha de 1944-1945, da Segunda Guerra Mundial, como correspondente do *Diário Carioca*. Em 1946 fez a cobertura da primeira eleição de Perón, na Argentina, e, em 1956, da segunda de Eisenhower nos Estados Unidos.

Sempre gostou muito de viajar, escrevendo para vários jornais brasileiros reportagens sobre os países onde esteve, como Paraguai, Colômbia, Cuba, México, Estados Unidos, Portugal, França, Itália, Inglaterra, Grécia, Angola, Moçambique, África do Sul e Índia. Viveu em Paris durante o ano de 1950, de onde enviou regularmente crônicas para o *Correio da Manhã*.

Foi um dos fundadores da revista *Diretrizes* e do semanário *Comício*.

Em 1955, chefiou o Escritório Comercial do Brasil em Santiago do Chile, exonerando-se a pedido em novembro do mesmo ano. Em 1961, foi nomeado embaixador do Brasil em Marrocos, na África, posto que ocupou até 1963, quando pediu demissão.

Foi sócio de Fernando Sabino na Editora do Autor e, a partir de 1967, na Editora Sabiá, da qual se desfizeram em 1971.

Viveu no Rio de Janeiro a maior parte da vida. Envolvido em outras atividades, passou a escrever crônicas para jornais uma vez por semana, por ele organizadas, periodicamente, em livros. Dos seus trabalhos de tradução destaca-se *Terra dos Homens*, de Antoine de Saint-Exupéry. Publicou, ainda, um livro de versos e uma versão da carta de Caminha, além de diversas versões de clássicos da literatura em parceria com seu sobrinho Edson. A partir de 1975 — e nos 15 anos seguintes — trabalhou no jornalismo da TV Globo.

"Rubem Braga é mais do que um grande cronista: é um homem de estilo, clareza sem-par e assuntos pensados com coragem e com riqueza de informação. Rubem Braga é um grande mestre da língua e do pensamento."

Antônio Houaiss

“O que ele nos conta é o seu dia, o seu expediente de homem, apanhado no essencial, narrativa direta e econômica. Sua novidade perene está nessa adesão ao vivo, sonho e alienação. É o poeta do real, do palpável, que se vai diluindo em cisma. Dá o sentimento da realidade e o remédio para ela.”

Carlos Drummond de Andrade

“Braga é o estilista cuja melhor *performance* ocorre sempre por escassez de assunto. Aqui começa ele com o puxa-puxa, em que espreme na crônica as gotas de certa inefável poesia que é só dele. Será este o segredo de Braga: pôr nas suas crônicas o melhor da poesia que Deus lhe deu?”

Manuel Bandeira

“Rubem Braga fabrica o seu próprio mel, de que é impossível provar sem gostar. Não há grande poeta ou grande prosador que não o tenha admirado e exaltado — José Lins do Rego e Murilo Mendes, João Guimarães Rosa e Clarice Lispector. A lista é extensa e inclui hoje estudiosos e críticos que têm consciência da obra, ou do *opus* de Rubem Braga. Para dizer o mínimo, é impossível qualquer análise da prosa em língua portuguesa, ou luso-brasileira, sem o conhecimento de Rubem Braga.”

Otto Lara Resende

LIVROS DE CRÔNICAS DE RUBEM BRAGA

Rubem Braga escreveu mais de 15 mil crônicas para jornal, revista, rádio e televisão. Não mais de mil foram selecionadas pelo autor para publicação em livro. Todos os livros originais de crônicas de R. B. são editados atualmente pela Record.

A seguir, a relação completa das primeiras edições de coletâneas de crônicas:

1936 — *O Conde e o Passarinho* (crônicas) — Livraria José Olympio Editora. Prefácio do próprio autor, datado de 31 de dezembro de 1935. Quando informa, embora faça calor, estar gripado e estar o país em estado de sítio; ter escrito até então umas duas mil crônicas. A versão mais recente da obra, pela Record, tem capa de Floriano Teixeira e retrato do autor, desenhado por Maria Mynssen, na quarta capa.

1944 — *Morro do Isolamento* (crônicas e poemas) — Editora Brasiliense. As crônicas foram reunidas, por decisão do autor, às do primeiro livro, *O Conde e o Passarinho*, na Record. Os poemas foram coligidos por Manuel Bandeira em sua antologia de poetas bissextos de 1946, quando Bandeira informa: "Em 42 a Editorial Moema, de São Paulo, fez imprimir um novo volume de crônicas de Rubem Braga — *Morro do Isolamento*, lançado somente em 1944 pela Editora Brasiliense."

Na reedição de 1982 pela Record, com o título de *O Conde e o Passarinho*, R. B. informa ter retirado do volume os poemas "que passaram a fazer parte do *Livro de Versos*, publicados em 1980 pelas Edições Pirata, do Recife". Informa, ainda, ser de Santa Rosa a capa não aproveitada, de 42, e de Clovis Graciano a segunda, de 1944. Na atual edição a capa é de Floriano Teixeira.

1945 — *Com a FEB na Itália* (crônicas) — Livraria Zelio Valverde. Atualmente com novo título — *Crônicas da Guerra na Itália* — escolhido pelo autor para a atual edição da Record. Nesta nova versão, além das crônicas escritas pelo correspondente de guerra para o *Diário Carioca*, de 1944 a 45, R. B. junta no atual volume tudo que escreveu a respeito da Campanha da Itália (quando o Brasil foi o único país latino-americano a participar, com os Aliados, da Segunda Guerra Mundial). Nesta atual versão, na Record, a capa é de Rachel Braga.

1948 — *Um Pé de Milho* (crônicas) — Livraria José Olympio Editora. Nesta primeira edição a capa é de Santa Rosa. Na atual, pela Record, a capa é de Floriano Teixeira, com retrato do autor desenhado por Maria Mynssen, na quarta capa.

1949 — *O Homem Rouco* (crônicas) — Livraria José Olympio Editora. Rubem agradece a ajuda de Fernando Sabino na seleção das crônicas e o trabalho de secretária de Moema (Aracy Seljan) em nota de apresentação. Ambos participam da preparação de todos os livros posteriores, e, eventualmente, também, Paulo Mendes Campos e Otto Lara Resende. Capa de Rachel Braga na atual edição, pela Record.

1951 — *50 Crônicas Escolhidas* (crônicas) — Livraria José Olympio Editora. A versão atual é *200 Crônicas Escolhidas*, antologia dos oito primeiros livros de R. B. organizada pelo autor. Desenho assinado por Carlos Leão na capa da atual edição, pela Record.

1953 — *A Borboleta Amarela* (crônicas) — Edição especial do autor, de 500 exemplares, numerados e assinados, com capa e ilustrações de Carybé. Reprodução anexa de retrato do autor aos 40 anos, em desenho de Portinari, feito em 1953 especialmente para esta obra. Atualmente em edição na Record, com capa de Floriano Teixeira.

1953 — *Três Primitivos* (ensaios em estilo de crônica) — Serviço de Documentação, do Ministério da Educação e Cultura, coleção Os Cadernos de Cultura, dirigida por Simeão Leal. R. B. apresenta três pintores *naïfs*: Cardosinho, Heitor dos Prazeres e José Antonio da Silva. Atualmente tem o título de *O Verão e as Mulheres*. A capa atual é de Rachel Braga, na Record. Ler o verbete seguinte.

1957 — *A Cidade e a Roça* (crônicas) — José Olympio Editora. Atualmente, sob o título de *O Verão e as Mulheres*, escolhido pelo autor para a reedição da Record, junto com *Três Primitivos*. Capa atual de Rachel Braga.

1958 — *100 Crônicas Escolhidas* (crônicas) — José Olympio Editora. Atual versão: *200 Crônicas Escolhidas*, na Record, com desenho de Carlos Leão na capa.

1960 — *Ai de ti, Copacabana* (crônicas) — Editora do Autor. Marca o lançamento da antológica crônica-título. Atual edição na Record. Capa de Rachel Braga.

1967 — *A Traição das Elegantes* (crônicas) — Editora Sabiá. Vem sendo reeditado pela Record. Capa de Floriano Teixeira.

1969 — *Caderno de Guerra de Carlos Scliar* (ensaio em estilo de crônica) — Editora Sabiá. R. B. apresenta alguns dos desenhos feitos na Itália pelo cabo de artilharia Carlos Scliar durante a Segunda Guerra Mundial. Capa e planejamento gráfico, desta primeira edição, de Scliar. O texto, sem os desenhos, consta da atual edição das *Crônicas da Guerra na Itália*, organizada pelo autor para a Record. A capa atual é de Rachel Braga.

1978 — *200 Crônicas Escolhidas* (antologia de crônicas) — Record. Organizada com a ajuda de Fernando Sabino, seleção dos oito primeiros livros do autor, com desenho de Carlos Leão na capa.

1984 — *Recado de Primavera* (crônicas) — Record. A crônica-título datada de setembro de 1980 é dirigida, em despedida, a Vinicius de Moraes, nascido no mesmo ano que o autor: "É a primeira Primavera, de 1913 para cá, sem a sua participação." Capa de Rachel Braga.

1984 — *Crônicas do Espírito Santo* (antologia temática de crônicas) — Secretaria de Educação e Cultura do Espírito Santo. Organizada pelo autor com a ajuda do romancista Renato Pacheco, para distribuição gratuita em escolas públicas do Estado do Espírito Santo. Desenho de Carybé na capa. Outra edição, de dois mil exemplares, com capa de Rachel Braga, incluindo detalhe de pintura de Isabel Braga, integra o Volume 16 da Coleção Letras Capixabas.

1988 — *As Boas Coisas da Vida* (crônicas) — Record. Os amigos de R. B. o acusavam de cuidar em excesso da edição de textos alheios em livros e ser displicente em causa própria (acusação recíproca). Neste, o autor confiou todo o trabalho de seleção ao grupo mineiro. A edição final de texto é de Otto Lara Resende, o prefácio de Paulo Mendes Campos. Capa de Rachel Braga.

Roberto Seljan Braga/1993